# El Valle Prohibido

# The Forbidden Valley

Eduardo Lince Fábrega

Revisión del texto, Isolda de León



808.0683
L634v Lince Fábrega, Eduardo
El valle prohibido = The forbidden valley / Eduardo Lince Fábrega; traductora Andrea E. Alvarado Veazey; ilustrador M. Javier De Gracia. - Panamá : Piggy Press, 2006.
264p. : il. ; 20 cm.

ISBN 13: 978-9962-629-36-8
ISBN 10: 9962- 629-36-5

1. LITERATURA JUVENIL PANAMEÑA - NOVELA 2. NOVELA JUVENIL PANAMEÑA I. Título

Piggy Press Books
Apartado 0843-0029
Panamá, República de Panamá
TEL: (507) 317-9051
info@piggypress.com
www.piggypress.com

Para mi padre Eduardo,
que me acompaña desde los bosques celestiales,
y para mi madre Carmen,
que está a mi lado.

For my father Eduardo,
who stands by me from the celestial forests,
and for my mother Carmen,
who is here with me.

# ÍNDICE

## CONTENTS

El Valle Prohibido
a principios del siglo XVI
Cerro Gaital
Áreas frondosas
Casa de Casilda
y Constanza
Puerta secreta
al Bosque Escondido
Áreas frondosas
Villa de
los Brujos
Áreas
frondosas
Salón
del Brujo Rencifo
N
O
E
S
Río Limítrofe
Río Limítrofe
Cueva de la Tulivieja

# El Valle Prohibido

# PRÓLOGO

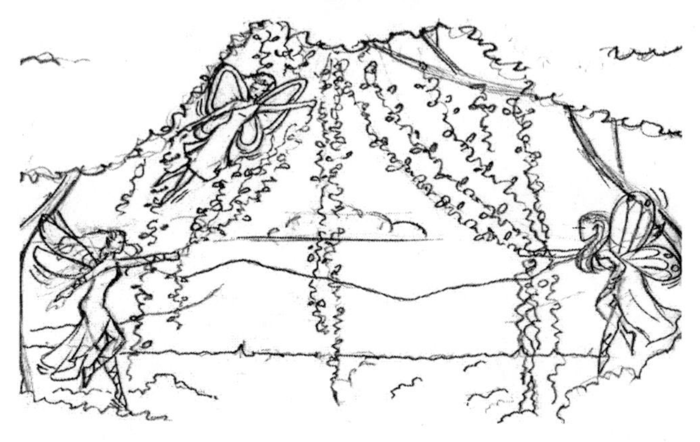

Las despedidas no son fáciles, y por mi larga vida supe que ésta no sería la excepción. Frente al riachuelo que marca el límite del Bosque Escondido, estaba sentado esperándome mi niño pequeño, como todas las mañanas de ese verano. Ya habían pasado dos años desde aquel día que lo rescaté cuando huía de la crueldad de otros chicos. Su timidez había desaparecido, pero mantenía ese afán por saberlo todo; en esto último me recordaba mucho a mi hermana Constanza cuando tenía su edad. Me le acerqué despacio por la espalda y le toqué el hombro provocándole un susto.

—¡Bruja Casilda! -me dijo con una sonrisa.

—Mi niño pequeño, hoy es tu último día de vacaciones.

—Sí, por eso vine a despedirme —dijo con tristeza—, pero nos volveremos a ver cuando regrese.

¿Cómo se le dice a un pequeño que su mundo de fantasías está por terminar?

—¿Por qué te quedas callada?

—Por nada mi niño, simplemente recordaba...

—¿Qué cosa?

—A otros niños como tú que he conocido a lo largo de mi vida en la Madre Tierra.

—¿Cuántos años tienes, bruja? —me preguntó con una sonrisa pícara.

—¿Cuántos años tiene la Madre Tierra? —fue lo único que le pude contestar.

Abrió la boca como si fuera a decir algo, me imagino que una expresión como "¿Tan vieja eres?", pero se contuvo.

—Mi hermana se quedó en casa, pero te envió esto —dijo mientras me entregaba muñecas de trapo, una que pretendía ser Constanza y otra que parecía ser yo —dice que son para que la recuerdes mientras está en la ciudad.

Sonreí, y evoqué a esa criatura revoltosa.

—Mis papás dicen que regresaremos dentro de tres fines de semana, pero nos puedes visitar en el patio de la casa, como has hecho en otras ocasiones.

Dejé escapar unas lágrimas.

—¿Qué te pasa, Bruja? No estás alegre como siempre. ¿Acaso el bosque está en peligro de nuevo?

Me divirtió por un momento su ocurrencia.

—No, mi niño, pero cuando lo esté, serás el primero en saberlo.

Me miraba esperando la respuesta, pero yo solo pude decir:

—Ven, acompáñame a dar una vuelta por el Bosque Escondido.

Entramos en él. Aún me maravillaba el hecho de que de todos los niños que visitaron nuestro hogar, fuera el único que pudiera llegar sin perder el camino, el único que sabía la ruta secreta. Desafortunadamente, eso se borraría de su mente dentro de poco.

—Bruja, ¿recuerdas que hace tiempo prometiste contarme la historia de El Bosque Escondido?

—Por supuesto mi niño pequeño, lo haré hoy para que quede guardada en tu corazón.

—El Tigre Manrique dice que él es el único que la conoce en su totalidad.

—Manrique es una mala hierba en estas tierras. Él dice conocerla, sin embargo yo la he vivido.

—Igual que tu hermana Constanza y el Brujo Rencifo, ¿cierto?

—Cierto.

—Cuéntamela por favor, quiero saber todo de ustedes, del Brujo Rencifo, de Constanza, del Tigre Manrique, del Duende Karkoff, de la bruja Marquela...de todos.

—Ay, mi niño —le dije animándome— para cuando termine ya será de noche.

—Tengo todo el día -me respondió—. Mis papás creen que estoy en casa de Fernando.

—Pero él y su familia ya regresaron a la ciudad, ¿por qué les has mentido? —le reprendí.

—¿Acaso no mentí todas esas veces cuando decía que haría cualquier otra cosa en lugar de decir que estaba contigo?

Me dejó sin argumentos.

—Bien, mi niño pequeño, cumpliré mi promesa y te contaré la historia de este lugar.

## *Capítulo 1*

# *EL PRINCIPIO DE LOS TIEMPOS*

En una cueva alumbrada por antorchas se encontraba leyendo un tigre grande un antiguo texto. Caminaba en sus patas traseras como los seres humanos, y poseía el don del habla. Unas pisadas interrumpieron su concentración.

—¿Quién osa interrumpir al gran Manrique en su lectura? -dijo con altanería, cambiando a una actitud servil al ver de quién se trataba— ¡Oh! eres tú, Papá Rencifo. No te había visto.

Un anciano con túnica blanca estaba frente a él.

—Manrique, sabes que te quiero como a un hijo, admiro tu inteligencia y por eso te di un cargo tan importante. Espero entiendas lo que te voy a pedir.

—En mí tienes más que un hijo, tienes a tu más seguro servidor —sonrió el tigre mostrando sus grandes colmillos.

—Varios se han quejado de tu altanería, de tus alardes de grandeza, hijo mío, no es eso lo que te he enseñado.

El tigre llevó sus garras a su rostro, como si fuera a romper en llanto.

—Seguro que son las hadas del bosque las que te llegaron con el chisme, siempre me están espiando, por eso las odio.

—Cálmate, por favor —le dijo el anciano—, recuerda que en unos años el Consejo de Brujos Blancos elegirá a mi sucesor y entonces no podré protegerte más.

—Tienes razón Papá Rencifo, sé que tengo un carácter difícil, pero trataré de corregirlo —explicó recuperando la compostura.

—Solo te pido que recapacites en lo que te he dicho.

—Lo haré, no te preocupes.

—Veo que sigues estudiando, creo que sabes nuestra historia mejor que nosotros mismos -cambió el tema Rencifo al tiempo que sonreía orgulloso.

—Quiero ser un digno hijo tuyo —concluyó el tigre.

—Bueno, te dejo para que sigas tu lectura —se despidió.

—Y como hijo tuyo seré yo el que te suceda —dijo Manrique al quedarse solo, con una gran sonrisa. —Ahora veamos que dice este texto:

*En el principio de los tiempos no existía nada, solo la Morada Sagrada habitada por El Gran Hacedor, rodeada por un gran vacío. Fue entonces cuando Éste en su mente concibió un magnífico plan. Creó el cielo, y con un gran estallido hizo aparecer las estrellas, los planetas, el Sol, la Luna, y finalmente, su más preciada creación: La Madre Tierra. Una vez con-*

*cluida esta primera etapa, decidió dar vida a unos seres mágicos que obedecían sus mandatos y que reunió en grupos llamados Órdenes. Su creador les otorgó poderes para que cuidasen su obra. Vagando por la Madre Tierra, fueron testigos de cómo nacían los bosques, los ríos, los mares, las montañas y los valles, de donde fueron brotando nuevas vidas más elementales, que al paso de millones de años evolucionaron hasta convertirse en los animales que hoy conocemos.*

*Fue entonces cuando el Gran Hacedor decidió dar vida a dos nuevos seres: el hombre y la mujer. Los colocó en La Tierra y reuniendo a las Órdenes les dijo:*

*—He aquí mi última creación. Al igual que vosotros, están dotados de inteligencia, pero no gozan de inmortalidad, ni tienen el poder de hacer milagros. Solo podrán acceder a la Morada Sagrada cuando sus días terrenales hayan terminado. Pero para compensar esto los he dotado del libre albedrío. Tienen el derecho de escoger entre el bien y el mal, entre las alternativas que se les presenten durante su vida.*

*Las Órdenes escuchaban con atención lo que les comunicaban.*

*—A vosotros les doy el siguiente mandato: Cuidad de ellos en la medida que vayan poblando la tierra. No debéis permitir a quienes no sean puros e inocentes de corazón, que adviertan vuestra presencia. No tenéis permiso de intervenir en las decisiones que tomen, pero sí podéis, de manera sutil, mostrarles el camino correcto por medio de señales.*

*Luego dirigiéndose a Arkom, el más poderoso de los seres mágicos, le dijo:*

*—Yo he de retirarme a la Gran Morada por lo que te nombro Monarca Absoluto de las Órdenes. Bajo tu mandato, te informarán de la relación entre mi última creación y la Madre Tierra. Al final de los tiempos, regresaré a evaluar vuestro trabajo y sabré lo que ha hecho la humanidad con su preciado libre albedrío.*

*Y con estás palabras se retiró.*

***

*Poco a poco la humanidad se fue multiplicando y las Órdenes se retiraron hacia los diferentes puntos cardinales. Habitaban los bosques y las selvas donde los hombres y mujeres, aun inmersos en la inocencia podían verlos y hablar con ellos. En cada parte del mundo le daban nombres distintos: hadas, ángeles, genios, gnomos, duendes, brujas, e incluso los tomaban como dioses, algo que no les agradaba.*

*La Madre Tierra empezó a cambiar y se formaron los continentes como los conocemos hoy. Las Órdenes se reagruparon de la misma manera. Las encargadas de América usaban túnicas blancas; las de Europa, verdes; las de Oceanía, violeta. Los genios, quienes vestían de rojo, se ocuparon de Asia y el Cercano Oriente. África fue encomendada a órdenes que preferían adoptar la forma de los elementos de la naturaleza, en lugar de parecer humanos.*

*Al principio, los habitantes de la Madre Tierra convivían armónicamente con ella. Desafortunadamente, con el paso del tiempo, el egoísmo y otros sentimientos negativos empezaron a apoderarse de la humanidad. Estaba surgiendo otra fuerza que los llevaba a destruirse y perder la inocencia. Las Órdenes se fueron volviendo invisibles, solo podían ser vistas por los niños.*

*La razón de este cambio se debió a que se habían formado nuevas Órdenes. Eran grupos traidores que deseaban tener libre albedrío como los seres humanos. Su líder era Badgeist, quien se refugió en una caverna aislada de los elementos de la Madre Tierra. Sus seguidores cuya misión era destruir los bosques y selvas, vestían con túnicas negras. Ellos se encargaban de alimentar los desiertos. Por esto fueron llamados "Órdenes Oscuras". Podían ser vistos por la humanidad, que sin saberlo, era víctima de sus Conjuros de Codicia. Así se inició la lucha entre ambos grupos: el primero, por proteger a la Madre Tierra, y el segundo, por destruirla.*

*Los siglos pasaron, y las Órdenes Oscuras se fueron haciendo más poderosas, pero también las Órdenes Brillantes fueron perfeccionando sus medios para defender a la Madre Tierra de lo que, según los Oráculos, sería su destino final.*

*Y así ha ido evolucionando la humanidad, entre dos fuerzas que la hacen actuar como el péndulo de un reloj, guiada por dos grupos de entidades con fines totalmente diferentes.*

Al terminar de leer, Manrique se acercó a la puerta de su cueva y vio a la bruja Casilda caminando junto a un niño que él conocía muy bien, y por lo que pudo escuchar, le estaba narrando la historia del bosque.

—Bruja gorda, algún día ajustaremos cuentas —murmuró.

Desde que ella le llamó cobarde por aquel incidente que prefería olvidar, sentía que había perdido el respeto de todos los habitantes del Bosque Escondido. El único que no había cambiado con él, era su padre adoptivo y él trataría de sacar provecho hasta el último momento de esa situación.

## *Capítulo 2*

## *EL SUEÑO DEL ARCO IRIS*

La luna se asomaba tras las montañas y su luz se filtraba a través de los ventanales del imponente Palacio del Arco Iris. Arkom el Gran Rey de los seres mágicos caminaba impaciente de un lado al otro del Gran Salón. Con la aparición de la primera estrella, sus rubios y lacios cabellos se fueron oscureciendo, hasta quedar negros, al igual que sus grandes y expresivos ojos, que se fueron rasgando hasta reflejar la raza oriental en ellos, de la misma manera su estatura disminuyó, ese era su destino por orden de la Madre Tierra: como líder de todas las entidades mágicas que han poblado este planeta, era necesario que cada día cambiara su aspecto físico y adquiriera la apariencia de cada una de las razas que poblaban el planeta. Justo al terminar su transformación se miró al espejo sonreído, nunca sabía qué aspecto le traería la primera estrella de la noche. Entonces recordó los asuntos que le preocupaban. Continuó su paso por el Gran Salón, como a la espera de algo. Sus pensamientos fueron interrumpidos por una voz.

—Su Majestad —dijo una mujer rolliza—acaba de llegar la última confirmación.

Arkom respiró aliviado.

—Esa es una buena noticia —sonrió satisfecho.

Luego de miles de años todos los seres mágicos se reunirían en el primer Concilio del Arco Iris. Fue necesaria una gran labor para llegar a ese punto, ya que los designios de la Madre Tierra de cambiar la forma de los continentes, provocó que algunos grupos de seres mágicos perdieran comunicación entre ellos. Pero una serie de felices coincidencias permitió el reencuentro de todas las Órdenes.

Salió al balcón del salón y miró al horizonte, casi podía imaginarse la legión de hadas de los bosques, duendes, genios, gnomos, todos juntos para intercambiar sus experiencias acerca de hacia donde la humanidad estaba dirigiendo el planeta. Eso era importante registrarlo en los anales del castillo. Revisó las diferentes eras con las que la humanidad contaba el tiempo, era el año 1542 de la era Cristiana, 5302 del Calendario Hebreo, 949 del Calendario Musulmán, el año 39 del Tigre del Calendario Chino. Ya la fecha estaba escogida para el Gran Acontecimiento.

***

Las carabelas ondeaban sus velas hacia el Nuevo Mundo, dejando a las tierras europeas atrás. Todo un cúmulo de promesas acerca de tierras y riquezas esperaban a los inmigrantes. La gran nave bullía en actividad y entusiasmo. Muchos hombres, algunos acompañados por sus mujeres, iban a ese nuevo Edén bañado en oro descubierto décadas atrás.

Un pequeño, agarrado del faldón de una mujer de manera sorpresiva dijo:

—¡Madre! ¿Quién es esa señora que está parada allí

en el barco? —dijo señalando a una mujer parada en la proa del barco. Estaba vestida de verde y cargaba un bastón en la mano.

La madre miró a donde indicaba su hijo.

—¡Vasco! Vive Dios que en el lugar donde dices no hay nada, ni un ser. Tu padre te dará una gran reprimenda por estar inventando historias.

*Es su inocencia la que le permite verme*, pensó Sonsoles quien escuchaba divertida.

Solo el niño advertía la presencia de esa mujer rolliza, pequeña, con las mejillas rosadas, el cabello rubio y los ojos azul profundo.

Al igual que los demás hombres y mujeres, para ella era un viaje de aventuras. Una vez que en la Península Ibérica se corrió la voz de que nuevas tierras habían sido descubiertas más allá del Mar Tenebroso, la Regente Zeledonia, del Bosque Cantábrico, le encargó encontrar a los seres mágicos con los que habían perdido contacto miles de años atrás.

***

La Bruja Casilda estaba en su casa de madera, en compañía de una pequeña que jugaba con una bola de cristal. Ambas tenían la piel color oliva, y el cabello negro azabache. Casilda tenía su cabello recogido en un moño y vestía una túnica blanca, que mostraba algo de sobrepeso; la niña aparentaba 10 años, delgada, y con una larga cabellera. La realidad era que ésta había sido puesta al cuidado de Casilda luego de extraviarse en los bosques y ser encontrada por las entidades blancas que los protegían. Debido a la gran aura de virtudes que acompañaba a la menor, fue elevada a la categoría de ser mágico, ya que toda su familia había muerto en el enfrentamiento de dos tribus nativas que vivían en el área cientos de años atrás, por esa razón la adoptó como hermana menor. Su nombre era Mankule pero fue rebautizada Constancia, para luego ser llamada Constanza.

Casilda se sentía inquieta, al igual que otros seres invisibles que vivían en un valle oculto, ya que sabía que un gran acontecimiento estaba marcado en el destino de todos. A pesar de que algunos nativos del área percibían su presencia, especialmente los niños, la vida transcurría apacible, escondidos en ese valle, considerado sagrado por los lugareños quienes no se adentraban en él y lo llamaban "Valle de los Murie", o simplemente "El Valle Prohibido".

—¡Casilda! —dijo sorpresivamente Constanza, sacando a su hermana de sus pensamientos— estoy viendo imágenes.

—¿Lo lograste? —le preguntó ella con entusiasmo.

—Sí, estoy viendo a una señora que tiene la piel muy blanca y viste una túnica verde. Viaja sobre el agua en una gran nave hecha de madera, y nadie la ve.

Casilda abrió los ojos asombrada, recordó lo que había anunciado el Foso del Gran Oráculo:

*Vuestro mundo dará un vuelco, durante el inicio del siguiente ciclo lunar una emisaria llegará, esta masa continental ya no estará aislada de la otra, se producirá el encuentro, la rueda del futuro ya no puede ser detenida.*

En otras palabras se produciría un cambio significativo luego de siglos de relativa calma. No había salido de un asombro cuando volvió a caer en otro ¡La pequeña al fin se había convertido en una de ellos!

—Estoy orgullosa de ti, niña mágica. El Gran Oráculo no mintió cuando dijo que serías la primera "niña dorada".

Constanza no pudo ocultar una sonrisa de orgullo. Ya de su mente se había borrado la tragedia por la que perdió a su familia y solo quedaba en ella una vida entre estos seres mágicos, que desde temprana edad había visto y de los que siempre hablaba el Gran Cacique Paris.

—Espérame, mientras regreso —continuó Casilda, cuando se dirigía a la entrada de la casita— esto lo debe saber el Brujo Rencifo.

Salió al pequeño patio de la casa, y cruzó su entrada, que daba a un camino de piedras que más adelante se dividía en tres. Tomó el de la izquierda. A su paso apareció un colibrí.

—Hola, Casilda —le habló el animalito.

—Estoy apurada, Paquín —contestó, mientras le sonreía y le hacía un guiño, para no sonar grosera.
El pajarito seguía revoloteando alrededor de ella.

—Tengo algo importante que decirte —insistía el colibrí.

La bruja se detuvo en seco.

—¿Qué pasa pajarito? —preguntó interesada.

—Mis compañeros del mundo de afuera me dijeron algo asombroso —y pasó a relatarle lo que éstos habían visto.

Casilda escuchaba con los ojos abiertos, muda de asombro. Los cambios se estaban dando de una manera drástica. Ahora tenía más información que relatarle al Brujo Rencifo, el Jefe de la Comunidad del Valle Prohibido.

—Gracias, Paquín, esa información le interesará también al Jefe.

—De nada —contestó el pajarillo— siempre a la orden.

Casilda sonrió, mientras veía como se alejaba la pequeña ave.

Al final del camino se encontró con una tabla de madera con una serie de figuras talladas que cambiaban a medida que entraban o salían los seres mágicos de una pequeña villa. A partir de ahí, había una hilera de pequeñas casas y una más grande al final. De una de ellas salió un hombre regordete como Casilda, que se le acercó a hablar.

—Menos mal que vienes, Kéchila —dijo el hombre.

—Ya no me llamo así, recuerda, ahora es Casilda —le corrigió.

El brujo colega puso cara de aburrimiento.

—¿Cuál será el afán del Gran Oráculo de cambiar nuestros nombres ahora, luego de siglos y siglos?

—Para adaptarnos a los nuevos tiempos que vienen —le respondió con su característico guiño.

—De cualquier manera, el Gran Rencifo quiere verte, justamente iba a buscarte en este momento.

—Qué coincidencia, Yango. Yo tengo que hablar con él para comunicarle dos importantes noticias —le contestó Casilda.

—Bueno, acompáñame —dijo el brujo.

Así ambos se dirigieron a la casa más grande de la villa. Como era la costumbre, dieron tres golpes en la entrada para anunciarse. Una mujer delgada y de corta estatura se asomó con cara de preocupación.

—El Gran Jefe los espera —les dijo y los hizo pasar.

Al fondo estaba el Brujo Rencifo sentado en una hamaca y a su lado tenía un gran Bastón Blanco. Era un hombre delgado, con la cara llena de surcos que lo hacían ver mayor; su mirada ese día era más severa de lo usual.

## *Capítulo 3*

# *LA HISTORIA DE TULIA*

Un pequeño grupo de conquistadores ibéricos habían partido del puerto de Nombre de Dios a explorar las áreas vecinas. Llevaban varios días perdidos.

—Diego, nunca en mi vida había sentido tanto calor, ni siquiera en mi bella Sevilla —dijo el hombre que encabezaba el grupo, quien iba sentado en su caballo gris. No pasaría de treinta años y era alto, de piel blanca, abundante barba, vestido con ropa gastada por efectos del clima.

—No solamente es calor, es una humedad como no pensé que podía existir, don Gaspar — respondió el interpelado, también a caballo y con características similares al anterior.

—Nunca debimos habernos apartado tanto del camino, pues ahora en estos extraños bosques veo difícil encontrarlo.

Para los ojos de estos visitantes de otro continente, la selva que tenían enfrente ellos era una novedad - animales, plantas y árboles que nunca habían visto, y hombres y mujeres tan diferentes, los cuales se oponían fieramente a someterse al mandato de sus reyes.

El miedo se estaba apoderando de ellos, ya que no sabían hacia adonde se dirigían, o qué les podía esperar al final del camino.

—Don Gaspar —dijo Diego repentinamente— algo se mueve detrás de esos arbustos.

El grupo se detuvo, y varios se bajaron de sus caballos, dirigiéndose al área mencionada.

—¡Allá! —gritó uno—. Alguien corre entre los árboles.

Se pudo apreciar la figura femenina.

—Lo logré —murmuró sonreída— me han visto.

—Atrápenla —dijo don Gaspar enérgicamente.

Todos quedaron asombrados viendo a esa mujer vestida tan diferente a las otras que habían encontrado en el camino. Llevaba una túnica blanca. Corría y corría como si flotara en el aire, sin poder alcanzarla. Al ver esta situación los otros espolearon sus caballos y emprendieron la caza de la misteriosa dama.

Al poco tiempo, todo el grupo se desvió de la ruta que llevaban para seguir tras ella. Estaban estupefactos, cualquiera diría que atravesaba los árboles como si fuese una aparición. En un momento dado, algunos hombres empezaron a detenerse dominados por el miedo, ya que se convencieron que lo que tenían enfrente era un fantasma.

—Don Gaspar, —gritó otro hombre— ¡la he visto meterse detrás de esas rocas!

Como los caballos no podían llegar al área, don Gaspar y Diego se bajaron, dirigiéndose a las rocas que tenían frente a ellos. Al rodearlas vieron la entrada a una caverna. Ambos hombres se miraron, como esperando que el otro diera el primer paso para entrar.

—Vamos Diego, ¡qué no se diga que somos cobardes! —y ambos entraron.

***

La bruja Casilda se sentía incómoda, había algo extraño en la mirada del Jefe Rencifo. Como no podía hablar hasta que el Gran Brujo lo permitiera, la espera la hacía sentir peor, ya que él la miraba y acto seguido cerraba los ojos, como si estuviera esperando una comunicación del más allá.

—Casilda, tengo algo grave que comunicarte —dijo al fin.

***

Don Gaspar y Diego se adentraron en la cueva y en su interior vieron a la mujer más hermosa con la que hubieran podido soñar, sus labios, sus largos cabellos negros, su piel cobriza, sus ojos color oliva, todo perfecto. Ante una señal, los hombres se acercaron poco a poco como hipnotizados. De repente, ante sus ojos la bella visión se transformó en un horrible monstruo. La piel se le arrugó, las uñas le crecieron como garfios, los dientes se convirtieron en inmensos colmillos y la larga melena se blanqueó.

—¿Qué buscan hombres blancos? —les dijo en el idioma de ellos.

Los dos quedaron paralizados por el miedo.

—¿Acaso temen a "Tulia la Vieja"? —agregó soltando una carcajada que les heló la sangre.

Los hombres salieron despavoridos, mientras afuera los esperaba el resto de la expedición.

—¿Qué les ha ocurrido? —no paraban de preguntar.

—¡Huyan! —les gritó Diego—, ¡adentro está la Tulivieja!

—¿Quién?

—No pregunten ¡corran hasta que el aliento se les acabe!

***

Dentro de la cueva la bruja Tulia seguía riendo mientras recobraba su figura anterior.

—Esto los mantendrá alejados del Valle Prohibido —dijo en voz alta, y acto seguido desapareció en un torbellino de polvo.

***

La bruja Casilda esperaba pacientemente las palabras de Rencifo.

—Las personas que vienen desde más allá de las grandes extensiones de agua están empezando a poblar áreas del Istmo. Son de piel blanca y nuestros hombres y mujeres están aterrados. Vienen cambios indescriptibles que marcarán los tiempos que se acercan —dijo por fin.

Casilda no hizo ningún gesto.

—Gran Jefe, precisamente esas noticias las había anunciado el Foso del Gran Oráculo —se aventuró a decir— pero además le traigo una visión de la Niña Dorada y una información que me ha dado Paquín.

El Jefe Rencifo volvió a cerrar los ojos, señal de que estaba dispuesto a escuchar. Así se enteró de lo que la pequeña Constanza había visto en la bola de cristal, y los hombres blancos que caminaban en las cercanías del Valle según le había comentado el colibrí a Casilda. Esto hizo que se sumiera en otro estado de meditación.

Si no fuera el Gran Jefe ya le hubiera dado su dosis de guaraná, para que no viva la eternidad en la tierra, pensó Casilda.

—Tengo dos importantes tareas para ti —habló por fin—. La primera es preparar la ceremonia para recibir a una visitante proveniente del otro lado de las grandes aguas. La fecha señalada es la próxima Luna Nueva, así lo ha revelado el foso del Gran Oráculo.

—Será un placer Gran Jefe. ¿Cuál es la otra?

Una vez más volvió a cerrar los ojos, esta vez con expresión de tristeza. Oh no, pensó Casilda, otra eternidad para esperar una mala noticia.

—La segunda tarea no será tan placentera. Tulia tendrá que comparecer ante el Consejo de Brujos y Brujas de la Hermandad Blanca.

—Pero...

—Ha quebrantado una de nuestras leyes más importantes y esta noche será juzgada. Tú serás la persona encargada de informarle que ha de presentarse en el montículo del área frondosa del Valle Prohibido cuando aparezca la primera estrella.

—Pero, excelencia...—volvió a insistir Casilda.

—Puedes retirarte —fue toda la respuesta que recibió.

***

La bruja se retiró con una reverencia. Salió con paso apresurado a buscar a su amiga Tulia cuando justo a su derecha ella apareció en un torbellino de polvo y con una gran sonrisa en sus labios que no tardó en esfumarse al ver la cara de Casilda.

—¡Por amor a la Madre Tierra! ¿Qué has hecho? —preguntó alarmada Casilda.

—¿A qué te refieres? —le contestó.

—El Gran Rencifo me ha ordenado informar que esta noche deberás presentarte al montículo del área frondosa —dijo Casilda con voz de angustia y con voz suplicante agregó —¿Qué has hecho?

Tulia comprendió todo enseguida, y sus ojos se llenaron de terror.

—Lo único que hice fue convertirme en Tulia la Vieja para ahuyentar a un grupo de hombres blancos que se estaban acercando peligrosamente al Valle Prohibido.

—¿Te has dejado ver por criaturas no puras de corazón sin el permiso del Gran Jefe? ¿Cómo pudiste?

—¡Estaba protegiendo al bosque!

—Pero tú sabes que la relación con ellos está totalmente prohibida. Rencifo será implacable contigo. Esta noche serás juzgada por el consejo —dijo Casilda con lágrimas en los ojos.

—Me asustas, Casilda —fue lo único que acertó a decir Tulia.

## *Capítulo 4*

# *LA LLEGADA*

La nave atracó en el puerto de Nombre de Dios. Decenas de hombres y algunas mujeres bajaban a tierra con sus pertenencias. El pequeño Vasco vio a la señora de túnica verde confundirse en la multitud sin que se percataran de su presencia.

—¡Quédate quieto! —le reprendió su madre ya en tierra —. Voy a buscar a tu padre, no te muevas de este lugar.

—Sí, mamá —contestó el niño, mientras se sentaba en un tuco de madera. Observaba todo el movimiento a su alrededor, cuando la señora se le acercó.

—Mi pequeño navegante —dijo la señora sonreída.

El niño se asustó.

—¿Quién es usted? ¿Acaso es algún fantasma de los que hablaba mi abuelo?

—No, mi niño explorador, soy una simple cuidadora de los bosques.

—¿Por qué nadie más la puede ver?

—Porque solo tú eres de corazón puro.

El niño se sonrojó.

—Estas tierras están en peligro —dijo Sonsoles, adoptando una actitud seria—. Recuerda siempre estas palabras: "Ama la naturaleza, pues en su destrucción está la destrucción de la humanidad".

No tuvo tiempo de contestar el chiquillo, ya que una mano se posó sobre su hombro, volviéndolo a la realidad.

—Vamos, hijo, —le dijo su padre— nos espera una larga jornada.

Lo obedeció no sin antes agitar su mano para despedirse de la mujer que solo él podía ver.

***

El Consejo de la Hermandad Blanca se encontraba en un claro del área frondosa del Valle Prohibido. En un monte pequeño se encontraba Rencifo, con su gran bastón. A su alrededor estaban los otros miembros acompañándole, entre ellos la bruja Casilda, frente a la acusada Tulia.

El Gran Jefe se dirigió a ella:

—Has roto las reglas de convivencia con los humanos, permitiste ser vista por ellos. ¿Qué puedes decir en tu defensa?

—Lo hice para protegernos de la presencia de los seres que ignoran que este sitio no debe ser visitado por ellos.

—Sabes que los humanos consideran estas tierras como sagradas. Por eso no entran en ellas —le increpó Rencifo.

—Estos eran diferentes. Tenían la piel blanca y vestían atuendos que le cubrían todo el cuerpo.

Casilda vio la oportunidad para intervenir.

—¡Son aquellos que anunció el Foso del Gran Oráculo!

El Gran Jefe guardó silencio y cerró los ojos. Algo que, era notorio, exasperaba a Casilda. Por fin habló con una voz grave.

—Tulia, no hay justificación alguna para lo que has hecho. Antes de tomar una decisión de tal magnitud, debiste consultarme.

—Pero Gran Jefe —empezó a decir la interpelada.

—Esperarás en este lugar mientras tomamos nuestra decisión —dijo el Gran Jefe.

Acto seguido todos los miembros del Consejo se retiraron al área boscosa, dejándola en un estado de incertidumbre.

En un tiempo que pareció una eternidad, Tulia caminó de un lado al otro del claro. De repente todos los miembros del Consejo aparecieron. Al ver las lágrimas de Casilda supo cual sería su suerte. Rencifo volvió a tomar su lugar en el montículo.

—Por decisión mayoritaria del Consejo serás expulsada del Valle Prohibido. Solo usarás la magia de la Madre Tierra para transportarte de un lugar a otro, y como castigo supremo estarás condenada a mantener la forma de Tulia la Vieja.

Y todos vieron como ese hermoso ser se convertía en un grotesco monstruo.

—¡Fuera, Tulia la Vieja! —gritaron todos, menos Casilda quien se apartó del grupo, ya sin poder contener el llanto.

Así, la renegada se encaminó al riachuelo que servía de límite al Valle, tratando de no llorar. Atrás quedaban los gritos y en su lugar un repentino silencio que la acompañaría en los siglos por venir. Antes de salir del área apareció Casilda con un gran costal.

—Toma, amiga —le dijo— tus objetos más preciados.

—¿Qué va a ser de mí? —dijo con voz quebrada.

Obviamente no había respuesta, simplemente le acarició la mejilla en gesto de cariño.

—Adiós, Tulivieja —le dijo y la vio perderse en la oscuridad de la noche.

***

Reinaba una gran algarabía en el puerto de Nombre de Dios. Sonsoles se apartó del lugar. Caminó hacía las áreas boscosas. La luna nueva se encontraba invisible en el cenit. Trazó un círculo alrededor de ella con un bastón y escribió unos caracteres rúnicos.

—¡Espero su llamada! —exclamó, mientras levantaba los brazos al aire.

# *Capítulo 5*

## *BADGEIST Y MARQUELA*

En una caverna en las profundidades de la Tierra se encontraba Badgeist, el ser maligno, Jefe Supremo de las Órdenes Oscuras. Con su túnica negra iba caminando de un lado a otro. Unas cuantas antorchas iluminaban el lugar y permitían apreciar su gran estatura y ver su rostro albino, ojos saltones de color rojo y orejas puntiagudas.

El lugar tenía varias entradas y el malvado brujo miraba a cada una de ellas, en espera de alguien. Se encontraba concentrado en esa tarea cuando sintió que le tocaban el hombro, y sobresaltado, al voltearse vio a un hombre blanco, gordo y calvo vestido con una túnica gris.

—¡Sinforoso, sabes que no me gusta que hagas eso! —dijo con impaciencia—. ¿Dónde te habías metido? No tengo la eternidad para esperarte.

—Presento mis disculpas, Su Excelencia —respondió el sujeto, mientras se inclinaba en una reverencia—. Ha de saber que la Orden Gris lo apoya sin reservas.

—¡Ahórrate los discursos! ¡Quiero noticias! —insistió molesto.

Sinforoso tuvo que hacer grandes esfuerzos para no reírse, a pesar de todo su poder, Badgeist siempre tenía la actitud de un niño malcriado.

—Bueno, Su Excelencia, nos han llegado informes que el encuentro de las Órdenes Brillantes está a punto de culminar como paso previo para el Concilio del Arco Iris.

Badgeist hizo una rabieta.

—¡Maldito Arkom, siempre se sale con la suya! ¡Y ustedes INÚTILES no sirven para nada!

—Confíe en nosotros, Su Excelencia, el futuro de la humanidad está marcada por su libre albedrío, que la llevará a su destrucción.

—Pero ¿cuándo llegará ese día?

—Hemos esperado miles de años. ¿Qué son unos siglos más? —concluyó Sinforoso con una gran sonrisa.

—¡No quiero esperar más siglos, quiero que ese encuentro no se realice!

— No se preocupe, mis brujos trabajan en eso.

***

La bruja Marquela, vistiendo una túnica negra, caminaba en áreas selváticas. Era bella, de delgada figura, piel blanca, cabellos azabaches y ojos verdes. En su andar miraba con desprecio la naturaleza que la rodeaba.

—¡Qué asco! —dijo—. ¿Qué estaría pensando Sinforoso al enviarme acá?

No acababa de decir la frase cuando un remolino de tierra se formó frente a ella.

—¡Sinforoso! ¡Qué gusto verte! —exclamó asustada.

Sinforoso no se dejó impresionar.

—Vengo de hablar con el Gran Jefe, Marquela.

—¿Te refieres a Badgeist? —preguntó tragando en

seco y su rostro se transfiguró en terror.

—¿Acaso conoces a otro jefe? —contestó con sarcasmo.

Marquela quedó paralizada. No sabía que decir, ni que hacer; ante la mención de ese nombre quedaba como una niña desvalida.

—¡Acción! —gritó el brujo gordo—. Eso es lo que quiere el jefe. ¿Acaso no sabes que está por darse un encuentro trascendental entre las Órdenes Brillantes? Las primeras instrucciones son impedirlo a como de lugar.

—Pero ¿cómo? Tú, mejor que nadie, sabes el poder que tienen las Órdenes Brillantes en este continente, ya que la inocencia y la magia especial todavía viven en la mayoría de sus habitantes.

—Mi pequeña Marquela, no le he informado a Badgeist de tu pobre desempeño y no me obligues a hacerlo, solo tienes que impedir ese encuentro y me harás feliz —dijo de manera indulgente Sinforoso y con una palmadita en la mejilla agregó— pronto tendrás noticias mías.

Sinforoso desapareció en otro remolino dejando a Marquela desesperada. Debía hacer más, pues sabía qué le pasaba a los brujos que provocaban la ira del Gran Jefe de las Órdenes Oscuras. Por ahora no bastarían los conjuros de codicia que había lanzado a los navegantes que llegaban de costas lejanas. Caminó entre los grandes árboles y herbazales, que apenas permitían la entrada de los rayos del sol durante el día, llegó a un viejo caserón. Entró en él. Cruzó un largo corredor llegó a una sala oscura; se sentó frente a una mesa cuadrada mirando absorta una bola de cristal. Pasó varios minutos contemplándola. Ansiaba ver algo y finalmente lo logró. Vio una mujer con una túnica verde y los brazos levantados invocando a los seres de las Órdenes Brillantes.

—A esto se refería Sinforoso —dijo triunfante, y llamó llena de excitación— ¡Silampa!

—Diga, Su Excelencia —contestó de manera inesperada una voz detrás de ella, haciéndola sobresaltarse.

—¿Cuántas veces te he dicho que no hagas eso?

Una figura casi transparente cubierta por una túnica blanca y una capucha se había materializado

—¿A qué se refiere, Su Excelencia?

—¡Te apareces así de la nada!

—Recuerde, Su Excelencia, que es mi única manera de presentarme, pues soy una aparición.

Marquela no sentía ganas de discutir el asunto y fue al grano.

—Tengo una misión para ti, Silampa. ¡Pero tienes que moverte ya!

—Dígame que debo hacer, Su Excelencia.

—Captura a la mujer que ves en la bola de cristal y tráela.

—¿Y cómo pretende que lo haga, Su Excelencia, si soy una simple aparición? ¿Asustándola para que corra hacia acá?

—No seas inepta, para ello utilizarás este manto con el que podrás atraparla, irás al lugar que se te señalará en horas de la noche —concluyó Marquela, a punto de perder la paciencia.

***

Sonsoles se mantenía con los brazos en alto sin percatarse que un ser maligno le acechaba a sus espaldas. Sin embargo, justo antes de ser capturada por el manto de Marquela, un remolino de tierra la transportó lejos de allí.

—¡Maldición! La bruja malcriada me matará por

esto. Pero ¿qué estoy diciendo? No puede matar lo que no está vivo —dijo la Silampa y se echó a reír.

Se disponía a regresar a la guarida de su jefa cuando sintió una voz lúgubre que repetía.

—ME PEEESA, ME PEEESA.

Fue cuando vio a la Tulivieja, cargando un inmenso morral que parecía una joroba sobre su grotesca figura.

—A ésta no la conozco yo —murmuró la Silampa. Y la siguió mientras escuchaba la voz de unos hombres que gritaban.

—¡Huyan! ¡Las ánimas están sueltas esta noche!

—Puede ser vista por los humanos al igual que yo, tengo que averiguar quien es este ser miserable —concluyó la aparición.

Si se le había escapado la mujer de túnica verde, ésta no lo haría. Su instinto le indicaba que algo había en ella que sería de provecho para las Órdenes Oscuras. Y fundiéndose en las sombras de la noche empezó a escuchar los lamentos del desdichado ser.

# *Capítulo 6*

## *EL ENCUENTRO*

El área frondosa de El Valle Prohibido una vez más era el escenario de otro acontecimiento. Los habitantes de la Hermandad se habían dispuesto en un círculo mientras unían sus manos y las levantaban hacia la Luna Nueva. En el centro se formó un gran torbellino, y allí apareció Sonsoles, sonriente.

El Brujo Rencifo fue el primero en hablar en la lengua de la visitante.

—Te damos la bienvenida a El Valle Prohibido, ilustre visitante de tierras allende de las grandes aguas.

Era un gran acontecimiento, por primera vez en miles de años se producía un contacto entre seres mágicos de ambos lados del Océano Atlántico. Luego que Sonsoles agradeciera el recibimiento de los habitantes de El Valle Prohibido y los regalos que le entregaron, les informó sobre la inminente celebración del Primer Concilio del Arco Iris, donde se trataría de reunir a todas la Órdenes Brillantes del planeta. El brujo Rencifo aceptó la invitación del Rey Arkom por intermedio de

Sonsoles, y encomendó a Casilda la misión de preparar todo lo relativo al viaje, así como servir de anfitriona mientras la visitante se encontrara en El Valle.

La tarde siguiente a la llegada de Sonsoles la aprovecharon para llevarla a conocer la fauna y flora del lugar.

—¡Qué lugar más hermoso! —dijo mientras observaba todo lo que la rodeaba—. El clima es más refrescante aquí que donde llegué.

—Es porque estamos entre montañas —le explicó Casilda.

Entraron en un área llena de árboles y unas voces lejanas empezaron a escucharse.

—Kéchila... Kéchila... la Niña Dorada ha llegado... es la hermana de Kéchila... pobre niña... ha sufrido mucho...

Sonsoles se mostró asombrada.

—Son los árboles susurrantes que cuentan la historia de El Valle, y a veces, tan solo a veces, se aventuran a predecir hechos —dijo Casilda sonreída, mientras guiñaba un ojo.

Con todo y la sonrisa, Sonsoles advertía una nota de dolor en los ojos de su nueva amiga, sin embargo no preguntó, y se limitó a escuchar las historias de los árboles susurrantes.

***

Marquela se mantenía inmóvil sentada frente a la mesa mirando la bola de cristal. La observaba con detenimiento, pero solo veía una espesa neblina en su interior.

—No hay caso —dijo—. Tendré que esperar a que regrese la Silampa esta noche para que me informe lo ocurrido.

Se retiró a otros aposentos.

—¿De quién sería esta casa, y por qué la abandonaron? No es un tipo de construcción común en esta parte del mundo —dijo al recordar que desde que habitó en ella resultó un buen refugio contra el exceso de vegetación.

Las horas pasaron hasta que la oscuridad se posesionó del lugar... la hora propicia para que las criaturas de la noche pudieran salir. La bella bruja regresó a la sala principal y se sentó en la silla a esperar. Como era ya costumbre, la voz resonó detrás de ella.

—¡Su Excelencia! —dijo la Silampa, logrando el sobresalto de Marquela.

—Parece que disfrutas haciéndolo.

—¿Haciendo qué, Su Excelencia? —preguntó la Silampa, quien obviamente, sí lo disfrutaba.

—Olvídalo. ¿Qué noticias me traes?

—Una mala, no pude atrapar a la mujer de verde.

—¿Dejaste escapar a ese saco de papas? ¡Ahora Sinforoso sí va a pedir mi cabeza! —gritó y se puso de pie, tumbando la silla y la mesa.

—No se exalte, Su Excelencia, porque tengo una buena noticia. Encontré a alguien vagando que le puede ser de mucha ayuda —agregó la Silampa sin inmutarse por la reacción anterior.

Marquela cambió radicalmente de actitud. Levantó la silla y se sentó con cara de resignación.

—Te escucho —dijo mientras cruzaba las piernas.

—Se trata de una bruja expulsada de El Valle Prohibido y sé donde encontrarla.

Marquela soltó una carcajada.

—Quizás no todo está perdido y todavía estoy a tiempo de agradar a mi jefe —murmuró.

***

Casilda no podía dejar de pensar en su amiga Tulia. Le dolía mucho el castigo que le habían impuesto, pero ahora no podía darse ese lujo. El tiempo apremiaba porque tenía que hacer preparativos para el viaje al Concilio. Rencifo la llamó y la recibió fumando su gran pipa.

—El Gran Jefe Irazí de las Selvas del Sur me ha informado que contactó a otros miembros de la Hermandad Verde —dijo, mientras parecía salir de un trance— que nuestra partida a la gran reunión se dará en Luna Nueva, después de la Fiesta de los Arbustos de la Amistad y estaremos de vuelta para la Luna Llena.

—¿En qué puedo serle útil? —preguntó Casilda.

—Tú me acompañarás, al igual que la Niña Dorada, pues así lo ha establecido el Foso del Gran Oráculo.

—Es un honor que nos hace, pero ¿quién quedará encargado de El Valle en nuestra ausencia?

—Yango será el elegido hasta nuestro regreso.

A Casilda no le pareció mala elección. Como no había más asuntos que tratar se dirigió a su pequeña casa donde la esperaba Constanza.

—¡Kéchila! —dijo la niña con entusiasmo al verla llegar.

—Casilda, recuerda que mi nuevo nombre es Casilda.

—Perdón, lo olvidé. Es que quería contarte que vi en mi mente un arco iris ¿qué querrá decir?

—Que vamos a un largo viaje a conocer a otros seres como nosotros.

—¿Como la señora vestida de verde que hablaba en una lengua extraña?

—Así es, mi pequeña hermana. Acompañaremos al brujo Rencifo en ese trayecto junto a los jefes de las demás Hermandades Blancas. Iremos a un lugar llamado "El Palacio del Arco Iris".

—¿Y cómo llegaremos allí?

—Sonsoles lo explicará en su momento.

***

Tulia arrastraba sus pies sin rumbo por los bosques. Sus quejidos se escuchaban en la lejanía.

—ME PEEEESA, ME PEEEESA.

Un remolino de tierra empezó a formarse frente a ella, del cual emergió una hermosa mujer vestida con una túnica negra.

—Tus lamentos han sido escuchados —dijo Marquela, tratando de sonar compasiva.

La Tulivieja se asombró ante su presencia. No conocía a ese ser.

—No tienes que seguir vagando por estos bosques. Podemos acabar con tu sufrimiento —dijo con una gran sonrisa.

***

Y el gran día llegó. Los viajeros vestían sus mejores túnicas blancas, mientras el resto de los habitantes de El Valle los rodeaban en el claro del Área Frondosa.

—¿Por qué la señora de verde está vestida como nosotros? —preguntó curiosa Constanza.

—Porque ha decidido hacer de este valle su hogar y ha adoptado nuestra manera de vestir —contestó sonreída Casilda con su típico guiño.

—¿Están listos para la partida? —dijo Sonsoles—. Acérquense a mí.

Así lo hicieron. Rencifo, estaba serio; Casilda, a la expectativa y Constanza, feliz ante lo que veía como una aventura. Una vez todos juntos, Sonsoles trazó un círculo con su bastón en la tierra alrededor de ellos, sacó de sus vestiduras un pergamino que mostraba el camino de vuelta y escribió caracteres rúnicos en el suelo.

—¿Qué son esos dibujos? —preguntó Constanza.

—Son símbolos de pueblos muy lejanos a nosotros —le respondió su hermana, mientras hacía un gesto con el dedo en la boca para que guardara silencio.

En una lengua extraña para todos, Sonsoles dibujó una línea imaginaria hacia el cenit, y los cuatro fueron absorbidos por unos rayos con los colores del arco iris.

## *Capítulo 7*

# *EL ARRIBO AL PALACIO*

Constanza estaba maravillada ante lo que tenía enfrente. Una hermosa construcción de piedra y cristal parecía flotar entre las nubes. En varias torres podía ver a los guardias que vestían túnicas con los siete colores del Arco Iris, y bajo un enorme arco de entrada había un puente en el que se apreciaban innumerables seres con vistosos ropajes, seres diferentes entre sí, con tonos de piel que iban desde el blanco más puro hasta el negro azabache. También había unas personitas de su tamaño, de piel blanca, ojos casi transparentes y ropas hechas con retazos en diferentes colores. Sonsoles advirtió su asombro al verlos.

—Son duendes —le susurró al oído— vienen en su mayoría de las islas del norte de Europa. Y aquellos más pequeños son gnomos.

—¿Y esas luces pequeñitas que flotan en el aire?

—Son las hadas del bosque, todos quieren saber del encuentro con ustedes, después de tantos siglos.

Una de esas pequeñas luces se les acercó.

—Bienvenidos al Palacio del Arco Iris. Soy el Hada Florabel —dijo.

A la pequeña Constanza le brillaban los ojos de la emoción.

—Saludos, Florabel. Soy Casilda de El Valle Prohibido.

Los primeros intercambios se dieron a través de unos pequeños gnomos, que flotando junto al oído de cada uno, servían de traductores de las diferentes lenguas que hablaban. Repentinamente, una luz de siete colores les envolvió y fue innecesaria la ayuda de los intérpretes a partir de ese momento.

—Zeledonia, del Bosque Cantábrico, me ha hablado sobre las maravillas de su mundo —continuó el hada.

—Nosotros esperamos conocer el suyo —contestó Casilda con igual ceremonia, sin poder contener su acostumbrado guiño.

—Un grupo de nosotras desea reunirse con vuestro líder. ¿Piensas que sea posible?

—Por supuesto, amiga Florabel, el Gran Jefe Rencifo estará encantado.

***

Mientras tanto, Rencifo entraba en los aposentos que le habían asignado. No se dejó deslumbrar por el lujo y majestuosidad de la alcoba, a pesar de las paredes de mármol y las grandes ventanas con vitrales que dejaban pasar los rayos de luz reflejando diferentes matices.

En un rincón de la habitación, sobre una mesa redonda había un grupo de libros apilados. Tomó uno entre sus manos, pero no podía descifrar los caracteres, así que lo llevó contra su pecho y sujetándolo con fuerza, dijo:

—¡Háblame!

Entonces llegaron a su mente las palabras de

alguien llamado Jorge Manrique:

*Recuerde el alma dormida,*
*avive el seso y despierte contemplando*
*cómo se pasa la vida,*
*cómo se viene la muerte tan callando;*
*cuán presto se va el placer,*
*cómo, después de acordado, da dolor;*
*cómo, a nuestro parecer,*
*cualquier tiempo pasado fue mejor.*

Era un poema, sí, un poema que le tocó lo más hondo de su ser. Si bien tenía que obedecer el mandato de Arkom de adecuarse a los tiempos que se avecinaban, no se acostumbraba a la idea. Su mundo se iba, moría, ya nada sería igual. Una nostalgia lo invadía. Sus pensamientos fueron interrumpidos por unos golpes en la puerta. Al abrirla vio a una mujer con una túnica multicolor.

—Su Excelencia —dijo— Su Majestad el Rey Arkom pide que a la puesta del sol, le honre con su presencia en el Salón de los Cristales.

—Así será —contestó el Gran Jefe, a quien no le agradaban los nuevos títulos.

***

La Tulivieja miraba incrédula a la mujer vestida de negro que le ofrecía una oportunidad de redención.

—¿Quién eres? —preguntó.

—Soy Marquela, Reina de las Criaturas de la Noche. Vengo a rescatarte de tu infortunio. Cuéntame tu historia.

Tulia narró lo que le había sucedido en medio de un mar de llanto, mientras la malvada bruja fingía preocupación.

—No se hable más —dijo con falsa simpatía—. Ponte en mis manos, y la venganza será dulce contra aquellos que te hicieron esto.

Al escuchar estas palabras, la Tulivieja se estremeció.

—¡No busco venganza, busco justicia!

—Ya la justicia de los tuyos te condenó a estar así, ahora es el momento de saldar las cuentas. Ayúdanos a destruirlos y serás liberada.

—¡Jamás! —respondió enfáticamente—. Cometí un error y aunque el castigo haya sido extremo, no haré nada para ayudarte a destruir El Valle Prohibido.

—¡Pero qué tonta eres! ¿No ves que la liberación está a tu alcance? Solo dinos dónde está ese lugar para que la Rueda del Destino acabe con él.

—¡Nunca haré tal cosa! —y se alejó tan rápido como pudo.

—Monstruo estúpido, TE PESA y TE PESARÁ, desde ahora no solamente soportarás ese horrible aspecto, sino que alrededor tuyo nacerán historias que te convertirán en un ser despreciable —repetía furiosa Marquela, cuando un gran remolino se formó frente a ella—.

—¡Sinforoso!

—Pareces un aprendiz. En lugar de unirla a nuestra causa, la has ahuyentado —dijo y tomándola del brazo, ambos desaparecieron en un torbellino.

***

Rencifo caminó por los pasillos del palacio sin dejarse impresionar por su magnificencia, jamás cambiaría su hermoso valle por ese lugar. La guía lo miraba con curiosidad, pero no le habló hasta que estuvieron frente a una gran entrada.

—El Rey Arkom lo recibirá —y dicho esto se abrieron dos pesadas puertas que daban a un salón en cuyas paredes de piedra caliza brillaban cual estrellas, cristales de cuarzo multicolores.

El Gran Jefe se acercó y vio claramente a Arkom, para su sorpresa era de estatura mediana como él y de piel color oliva.

—Bienvenido, Regente Rencifo —dijo ceremoniosamente— me da mucha alegría que las Órdenes Brillantes nos estemos reencontrando.

—Gracias, Su Majestad, El Valle Prohibido y demás Hermandades de la Túnica Blanca nos sentimos felices también —respondió Rencifo, y luego de un prolongado silencio comentó— pero a la vez estamos preocupados por los eventos que se avecinan.

—Ya el Regente Irazí, de las Grandes Selvas del Sur en el Nuevo Mundo, me ha comentado su inquietud. Precisamente, en este encuentro buscaremos las herramientas para que esos cambios no nos afecten tan drásticamente.

Luego de una de sus acostumbradas pausas, Rencifo dijo:

—Confiamos en su buena voluntad, Majestad, y como prueba de ello me es grato entregarle este regalo —expresó al momento que aparecía en su mano un objeto brillante— es una vara de virtudes hecha de cristales de la Cueva de las Bondades de El Valle Prohibido.

—He escuchado maravillas de vuestro valle —dijo Arkom—, de sus bellos paisajes, y sobre todo que en él los animales adquieren el don del habla.

—Es cierto —confirmó Rencifo— y también es un santuario para seres desafortunados.

El Rey se dio la vuelta y se dirigió a una gran cesta en un rincón de la habitación. Al introducir sus manos se escuchó un ronroneo. Era un cachorro de tigre.

—Es huérfano. Fue rescatado por una de nuestras

Órdenes en África y te lo encomiendo para que tenga una nueva vida en El Valle Prohibido.

Rencifo tomó al desamparado felino y lo acercó a su pecho. —¡Cuánto extrañará su tierra! —murmuró. Luego acudieron a su mente las palabras «cómo a nuestro parecer cualquier tiempo pasado fue mejor».

—Te llamaré Manrique —dijo, mientras jugueteaba con sus pequeñas garras.

***

Casilda y Constanza entraron a su habitación en donde predominaban tonalidades de color rosa.

—Es más grande que nuestra casa —dijo la niña.

—Sí —respondió su hermana, que mientras revisaba todo el mobiliario fue sorprendida por una pequeña luz.

—¡Florabel! —dijo Casilda luego de dar un grito.

—¡Hola, amigas! Decidí hacerles una visita de cortesía.

—¿Será que en algunos lugares no acostumbran anunciarse antes de entrar? —murmuró Casilda pero en voz alta dijo tratando de parecer jovial—. Disculpa que me haya asustado, es que apareciste de la nada.

—Las hadas podemos aparecer en el lugar que nos plazca, incluyendo aquellos designados como prohibidos.

Casilda no entendía lo que Florabel trataba de decir.

—Por esta cualidad podemos espiar a las Órdenes Oscuras.

Las hermanas se miraron desconcertadas.

—¿Qué son las Órdenes Oscuras? —preguntó Constanza.

—Ah, olvidé que ustedes no conocen esa parte de la historia. Son órdenes que se rebelaron contra Arkom tiempo después de ser creados el hombre y la mujer, ya que envidiaban su libre albedrío. Se valen de los Conjuros de Codicia para hechizar a la humanidad y lograr que ésta destruya a la Madre Tierra convirtiéndola en un reino de oscuridad y maldad.

—Eso es terrible —dijo la pequeña.

—Lo peor es que ahora tienen sus ojos puestos en el Nuevo Mundo.

—¿Esto tiene algo que ver con la llegada de hombres extraños a nuestras tierras? —preguntó Casilda.

—En parte, porque algunos de ellos ya van hechizados por Conjuros de Codicia.

Casilda recordó cuando Tulia ahuyentó a un grupo de hombres que se acercaban a El Valle Prohibido y pensó que quizás se trataba de los que mencionaba Florabel. El recuerdo la estremeció.

En ese momento alguien tocó la puerta. Constanza abrió y en el umbral estaban Zeledonia y Sonsoles.

—Venimos por encargo de Arkom para asegurarnos de que estén cómodas —dijo Zeledonia.

—En realidad nos gusta más nuestro Va... —empezó a decir Constanza, pero fue interrumpida por un codazo de su hermana.

—Estamos encantadas —dijo Casilda—, pero pasen que estábamos conversando con Florabel... ¡Oh, desapareció! ¿Qué habrá pasado?

—Así son las hadas, llegan y se van sin avisar, no trates de entenderlas —dijo Sonsoles sonriendo.

Al verla nuevamente vestida de blanco, Constanza preguntó:

—¿Por qué se quiere mudar a nuestro valle?

—Porque me cautivó su belleza.

Zeledonia interrumpió la conversación.

—Debemos retirarnos, pero antes de hacerlo, tenemos que informaros que el Concilio dará inicio en dos días en el Salón del Trono —y salieron de la habitación.

***

Badgeist caminaba en círculos en su caverna.

—¿Cuándo será el día que pueda salir de aquí y encargarme yo mismo del trabajo que estos ineptos no pueden hacer? —dijo en voz alta.

En ese momento por una de las entradas a la cueva, llegaba Sinforoso tirando del brazo a Marquela. Al verlos se detuvo.

—¿Pero que tenemos aquí? —dijo mirándolos fijamente—. Ni más ni menos que al equipo fracasado haciendo su entrada triunfal.

Los recién llegados guardaron silencio.

—¿Acaso no saben lo que ocurrirá en unos días?

No hubo respuesta.

—¡El Concilio del Arco Iris! Las Órdenes Brillantes están reunidas, inútiles —les gritó y dijo levantándola por los hombros— tú, bella bruja, eres la culpable de que esto vaya a suceder, pues no fuiste capaz de impedir el encuentro.

A Marquela le repugnaba el aspecto de Badgeist, por lo que no le miraba fijamente.

—Su Excelencia... —empezó a decir ella.

—¡Mírame a la cara cuando te hablo!

Marquela levantó la cabeza y enfrentó esa mirada que tanto la perturbaba.

—Mientras la Madre Tierra esté viva, yo, el Soberano de las Órdenes Oscuras, seguiré confinado a este lugar. Si no son capaces de lograr que la humanidad la destruya, entonces me desharé de ustedes —dijo mientras hacía una rabieta.

—Su Excelencia, con más razón debe decirme el nombre de los duendes que están a su servicio, para poder trabajar en comunidad con ellos —dijo Sinforoso, que mantenía una actitud de aparente serenidad.

Badgeist recordó la presencia del brujo y soltó a Marquela.

—¡Jamás permitiré que mis legiones se conozcan! —exclamó.

—Pero ¿por qué?

—No preguntes o te convierto en...

Repentinamente, guardó silencio mientras miraba hacia un rincón de la caverna.

—¿Ocurre algo, Su Excelencia? —preguntó tranquilamente Sinforoso.

—Es este encierro que me está volviendo loco. Ahora veo destellos de luz por cualquier lado.

—Yo no veo nada. ¿Y tú, Marquela?

—Yo tampoco.

—Afortunadamente, mis duendes hacen mejor trabajo que ustedes, y se pudieron infiltrar en el Concilio. Ahora, ¡desaparezcan, par de inútiles! —dijo Badgeist, más disgustado aún.

Marquela tomó del brazo a Sinforoso y casi lo arrastró hacia una de las salidas. Una vez más, el Jefe de las Órdenes Oscuras empezó a caminar en círculos, sin imaginarse el peligro que corría.

## *Capítulo 8*

## *EL CONCILIO DEL ARCO IRIS*

Así llegó el gran día del Concilio del Arco Iris. Las diferentes Órdenes hacían su entrada al Salón del Trono y se ubicaban en el lugar asignado a cada una de ellas, según la región que representaban. Estaban dispuestas en forma de semicírculo frente al sitial del Rey Arkom. La luz del sol entraba a través de grandes ventanales enmarcados por cortinas en colores resplandecientes.

Rencifo, Casilda y Constanza ocupaban sus asientos, cuando Sonsoles se les unió vistiendo su nueva túnica blanca.

—¿Quiénes faltan por llegar, Sonsoles? — preguntó Casilda al observar un área del salón que se encontraba desocupada.

—Faltan los duendes. Su Regente ya ha sido informado de la situación.

***

En un recinto contiguo al Salón del Trono, los duendes, con sus voces chillonas, pequeña estatura, piel blanca, ojos claros y orejas puntiagudas, se encontraban a la expectativa. Karkoff, su líder, conversaba con Menoff, quien no ocultaba su disgusto.

—Esto es un insulto para nosotros —repetía insistentemente Menoff.

—¿Qué podemos hacer si en este mismo salón hay duendes que sirven a las Órdenes Oscuras y no sabemos quienes son? —respondió el cabecilla.

—Pero nosotros tres somos de confianza, no tienen porqué hacernos a un lado.

—Yo mismo sugerí quedarnos fuera, para que el resto de nuestros camaradas no se ofendiera —dijo Karkoff.

El duende Fangdottir los escuchaba en silencio. Menoff lo miró en forma retadora.

—Y tú ¿no dices nada?

—Es que estoy pensando en algo mucho más grave que el hecho de no poder participar en el Concilio.

—¿Puedes decirnos de qué se trata, camarada? —preguntó Karkoff.

—¿Qué pasaría si alguien de los que vamos al Nuevo Mundo fuera uno de esos traidores? —dijo mientras miraba a Menoff que ahora callaba.

***

En el Salón del Trono, el Rey Arkom, con su cabellera rubia y ojos azules, se dirigió a la concurrencia.

—Bienvenidos sean, miembros de las Órdenes Brillantes. Que en nuestra unión esté nuestra fuerza —fueron sus primeras palabras recibidas con un gran aplauso.

El Concilio dio inicio con la presentación de los Regentes de las diferentes Órdenes, quienes fueron invitados para explicar la situación de la Madre Tierra en el área que habitaban. Todos mostraban especial preocupación hacia el Nuevo Mundo, donde los mayores cambios ocurrirían en los próximos siglos y las consecuencias que esto tendría para el resto del planeta.

Rencifo, con un movimiento de su bastón, hizo aparecer imágenes que mostraban la belleza de los paisajes de donde él venía y pidió ayuda para mitigar los dolorosos acontecimientos que se avecinaban, conmoviendo a la audiencia.

El Soberano se levantó de su asiento y se dirigió a todos.

—Les entrego estas bolas de cristal, dos para cada Regente. Con ellas nos podremos comunicar de manera constante.

—Son iguales a las que tenemos en casa —dijo en voz baja Constanza a su hermana.

—Iguales, pero a la vez diferentes —le aclaró Casilda llevando su dedo índice a los labios en señal de silencio.

Arkom continuó hablando.

—A ustedes, Órdenes del Nuevo Mundo, les proporcionaremos escobas mágicas, que les permitirán transportarse por los aires.

Mientras tanto, Rencifo no podía dejar de sentirse observado por una hermosa mujer de cabellos negros trenzados, vestida de seda y organdí rojas con adornos dorados.

—Parece que ha captado la atención de la genio Yasmina, Su Excelencia —dijo Sonsoles sonriendo.

—¿De dónde es ella?

—Es miembro de la Orden de Genios del Cercano Oriente.

Rencifo se preguntaba porqué lo miraba con insistencia. Tan ensimismado estaba en ese pensamiento, que no se dio cuenta que Arkom estaba clausurando el

Concilio.

—Ahora que todas las Órdenes Brillantes hemos establecido contacto permanente, es menester iniciar nuestro trabajo para proteger a la Madre Tierra. Es por esto que debemos enseñarle a la mayor cantidad posible de niños a conocer su Magia Especial, y usarla para contrarrestar los Conjuros de Codicia de las Órdenes Oscuras. Las instrucciones serán enviadas utilizando las bolas de cristal. En quinientos años nos volveremos a reunir para evaluar el trabajo realizado. De esta manera, doy por concluido este magno concilio.

***

Era el momento de la despedida. Arkom se dirigió a Rencifo.

—Las hadas, gnomos y duendes del norte de Europa, les agradecen la oportunidad de acompañarles a sus tierras.

—Para nosotros será un placer recibirlos, Su Excelencia.

—Permítanme presentarles a quienes viajarán con ustedes: el Hada Florabel y su corte, maestras de la Magia Especial para los niños; el duende Karkoff y sus súbditos, quienes han expresado su deseo de viajar a tierras vírgenes; y finalmente, el gnomo Wigfred y un grupo de sus compañeros.

Una voz femenina le interrumpió.

—Ha olvidado mencionarme a mí, Su Majestad —dijo Yasmina sosteniendo una preciosa botella en su mano.

—Cierto, me había olvidado de tu decisión de sumarte al grupo.

Las diminutas hadas, los duendes vestidos de alegres colores, los gnomos, la genio Yasmina, el pequeño Manrique, los visitantes de El Valle Prohibido y

Sonsoles se aproximaron entre sí y esta última trazó un círculo con su bastón en la tierra alrededor de ellos, sacó de sus vestiduras el pergamino que mostraba el camino de vuelta y dibujó caracteres rúnicos en el suelo. Levantando sus brazos, se formó un gran torbellino que los transportaría al Nuevo Mundo. Luego, de la misma forma fueron regresados a su hogar el Jefe Irazí y los representantes de las Órdenes de las Selvas del Sur.

***

Los habitantes de El Valle Prohibido, liderados por Yango, formaron un círculo en el Área Frondosa. Al llegar la luna llena al cenit, surgió en el centro del mismo un enorme remolino de tierra y dentro de él aparecieron el Gran Jefe, Casilda, Constanza y Sonsoles acompañados por seres desconocidos.

Con gran ceremonia, Yango les habló.

—Nuestros corazones se llenan de gran alegría ante su regreso.

Rencifo tomó la palabra.

—Seres de El Valle Prohibido, démosle la bienvenida a nuestros nuevos amigos provenientes de tierras lejanas al otro lado de las grandes aguas. Harán de éste su hogar permanente, ayudándonos a combatir a las Órdenes Oscuras y proteger a la Madre Tierra usando la Magia Especial.

Un gran aplauso resonó en todo el valle.

—Mañana con la salida del sol, daremos inicio a la Fiesta de los Arbustos de la Amistad, para conmemorar el comienzo de una nueva era.

## *Capítulo 9*

## *EL DUENDE TRAIDOR*

Durante las semanas siguientes a la llegada de los nuevos habitantes, la vida en El Valle Prohibido transcurría plácidamente. Casilda y Constanza eran sorprendidas a diario por las visitas del Hada Florabel, quien les narraba sus experiencias con los niños para que estos pudieran descubrir su Magia Especial.

Por otro lado, la Genio Yasmina pasaba largas horas conversando con el Regente Rencifo, quien le había ofrecido una casita especial donde vivir, pero ella le insistía que estaba más cómoda en su botella.

Tanto duendes como hadas y gnomos se sentían felices en su nuevo hogar, al igual que los lugareños de recibirlos.

***

Fangdottir se había acostumbrado a dar paseos al amanecer y una mañana se encontró a Menoff caminando. Secretamente, lo siguió por un sendero sin saber que estaban traspasando los límites de El Valle.

***

Encerrada en su caserón, a Marquela le invadía una sensación de terror.

—Esta noche le sacaré la verdad al monstruo —murmuró.

***

Fangdottir ya estaba cansado. Había seguido todo el día a Menoff hasta perderle la pista. Ahora no sabía como regresar a casa. Se sentó sobre una roca en medio de la oscuridad y mirando al cielo estrellado, se puso a llorar.

En ese momento, escuchó una voz.

—¿Por qué lloras, pequeño duende?

Al bajar la cabeza, vio al ser más abominable que hubiera podido imaginar.

—¿Quién eres? —preguntó asustado.

—No te preocupes, no soy tan mala como han inventado, soy la Tulivieja, amiga de la bruja Casilda. Tú debes ser uno de esos pequeños seres de los que me ha contado ella.

Por supuesto que él sabía de quien se trataba. Su historia fue una de las primeras que le narraron al llegar.

—¡Ay! Tulivieja —dijo con su voz chillona —he salido de El Valle y no sé cómo regresar.

La Tulivieja hizo una mueca, que en realidad era una sonrisa.

—Acompáñame, te mostraré un sendero que te llevará directamente hasta él.

Caminaron un largo trecho hasta toparse con una piedra esculpida en forma de sapo.

—Sigue esta senda sin desviarte. Te llevará a tu hogar.

Fangdottir le agradeció y alegremente, emprendió el camino de vuelta. Después de dar unos pasos, se estremeció con los lamentos "ME PEEESA, ME PEEESA". Se detuvo a escucharlos y de repente percibió otra voz femenina. Se acercó con curiosidad para saber de quien se trataba. Oculto entre los arbustos, advirtió la figura de una bella mujer vestida de negro, gritándole a la Tulivieja.

—Monstruo maldito, vas a decirme cómo llegar a la guarida de tus brujos de una vez por todas —decía mientras levantaba el manto mágico para atraparla.

Sin embargo, la Tulivieja desapareció en un torbellino de tierra antes de poder lograr su objetivo.

Marquela maldecía por haber fallado nuevamente, cuando una voz chillona la sacó de sus pensamientos.

—Al fin conozco a la bella bruja de la que tanto me ha hablado Badgeist —dijo Fangdottir.

***

Como de costumbre, los duendes se reunían al anochecer.

—Estoy preocupado —empezó diciendo Karkoff—, no hemos tenido noticias de Fangdottir en todo el día.

—Lo último que supe de él fue que me estaba siguiendo, mientras exploraba el mundo exterior, como me habías recomendado —repuso Menoff.

—¿Y lo dejaste salir de El Valle? —preguntó alarmado el líder.

—Así es, me tenía cansado con su constante vigilancia.

—¿Y no supiste al final qué fue de él?

—No, Su Excelencia. Realmente, no me preocupé.

Karkoff mostró su ira.

—¿Cómo es posible que le hayas hecho eso a tu compañero? Sabes que no conoce el camino de regreso.

Menoff avergonzado, agachó la cabeza.

—Disculpe, Su Excelencia, usted sabe que Fangdottir nunca ha sido digno de mi confianza.

—Eso no viene al caso en este momento. Ahora lo

que nos toca es rescatarlo. Vayamos a consultar al Regente Rencifo.

—Qué vergüenza, solo unas semanas aquí y ya empezamos a dar problemas —refunfuñó el líder.

Entonces enfilaron hacia la casa del Gran Jefe y encontraron a Yango situado en la puerta.

—Buenas noches, compañero Yango —dijo Karkoff—, ha surgido un problema y necesitamos la ayuda del Regente.

—Su Excelencia Rencifo está en audiencia con la Genio Yasmina y no desea ser molestado.

Los duendes se miraron con cara de preocupación.

—Se trata de algo muy grave —insistieron con sus voces chillonas.

Fue tal la algarabía que llegó a oídos del Gran Jefe quien se asomó a la puerta con cara de disgusto.

—Yango, ¿me puedes explicar lo que está ocurriendo?

—Su Excelencia... —pero no pudo continuar porque fue interrumpido por los duendes.

—Fangdottir ha desaparecido; se perdió fuera de El Valle —gritaban unos y otros.

Rencifo cerró los ojos y guardó silencio esperando que los duendes callaran. Karkoff se percató del hecho.

—¡Silencio! Muestren respeto ante nuestro Regente —dijo y se dirigió a Rencifo—. Disculpe, Su Excelencia, por lo alterado que estamos. Como pudo escuchar, uno de los nuestros se extravió en las afueras de El Valle.

Después de un rato, Rencifo rompió el silencio.

—Pasa, que debemos hablar —le dijo a Karkoff.

Dentro se encontraba la genio Yasmina mirando una bola de cristal. Había preocupación en su rostro.

—¿Es este el duende que creen perdido? —dijo mientras señalaba la bola.

Karkoff se acercó y dentro de ella pudo ver a Fangdottir hablando con una bella mujer que vestía túnica negra.

—¡La bruja Marquela! ¿Qué hace él hablando con ella? —exclamó.

—¿La conoces? —preguntó Rencifo.

—Por supuesto. Aterrorizó a nuestros pueblos hace cientos de años. Ahora quiere hacer lo mismo en el Nuevo Mundo.

Yasmina lo miró fijamente.

—Y al parecer ha encontrado en tu compañero Fangdottir a un aliado.

## *Capítulo 10*

# *EL NUEVO LÍDER*

Marquela miraba desconcertada al duende.

—¿Qué haces aquí? —preguntó ella—, ¿y por qué mencionas a Badgeist?

—Porque es a quien sirvo. Él me envió a hacer el trabajo que tú eras incapaz de hacer —y dicho esto soltó una carcajada.

La bruja se molestó por el insulto.

—Mira enano de feria, si lo que quieres es insultarme, mejor sigue tu camino donde sea que vayas.

Los ojos de Fangdottir brillaron.

—Voy a El Valle de los *Murie* —dijo guiñándole un ojo.

El duende se percató que Marquela no había entendido.

—Ya veo que Badgeist tenía razón cuando te describe como bella, pero de poco entendimiento. El Valle de los *Murie* es como conocen los nativos a El Valle Prohibido.

Marquela recordó que *murie* significaba "espíritus" en la lengua nativa, lo que la trajo nuevamente a la realidad.

—¿Sabes cómo llegar a El Valle Prohibido?

El duende señaló el sendero y se puso a cantar.

—Sigue ese caminito. Con gusto te acompañaré.

—Ni lo pienses, renacuajo inmundo —le dijo groseramente tirándolo a un lado, y tomó el camino señalado.

El duende se incorporó sacudiendo la tierra de su ropa, su disgusto era visible.

—Bella, pero bruta —dijo Fangdottir, y sacó un pequeño pergamino de su bolsillo—. Creo que es el momento de visitar a mi jefe.

Recitó una frase en un idioma desconocido, escrita en el pergamino, y fue succionado a las profundidades de la tierra. En unos segundos estaba frente a la entrada de una caverna. Nuevamente, sacudió todo vestigio de tierra y semillas de su vestimenta, ya que conocía el peligro que esto podía representar para Badgeist.

Nada lo había preparado para la aterradora visión que iba a enfrentar.

***

Marquela siguió el sendero, cuando una sensación de asco la invadió.

—No puedo seguir, estoy entrando en territorios de la Hermandad Blanca. Esto me redimirá ante los ojos de mis compañeros —dijo y dio media vuelta feliz de su triunfo.

***

En la morada de Rencifo todos estaban aterrorizados. Habían sido testigos, a través de la bola de cristal, de cómo Fangdottir mostraba a Marquela el camino a El Valle Prohibido.

—Mi vergüenza no tiene límite —dijo apesadumbrado Karkoff—, uno de los míos ha traicionado la hospitalidad que nos ofrecieron.

Rencifo cerró los ojos meditando y antes de que pudiera decir algo, la genio se adelantó.

—¿De dónde conoces a Marquela, Karkoff?

El Gran Jefe puso cara de disgusto. Le molestó que Yasmina hablara antes que él. Aún así, Karkoff contestó.

—Hace doscientos años ella llegó a nuestras tierras y sembró la discordia en una aldea cercana al bosque donde vivíamos. Sus habitantes se pelearon, y la disputa culminó con un gran incendio que destruyó sus casas y se extendió hasta acabar con nuestro hogar.

Rencifo iba a tomar la palabra, cuando volvió a ser interrumpido por la genio.

—¿Y cómo es que ahora uno de ustedes los traiciona apoyándola?

—Fangdottir se unió a nuestro grupo luego del incidente que les narré. Vagamos por varias semanas hasta llegar a un bosque en donde él vivía solo y nos ofreció su hospitalidad.

—Eso quiere decir que han tenido todo este tiempo a un agente de las Órdenes Oscuras esperando para atacar —concluyó Yasmina, y dirigiéndose a Rencifo preguntó— ¿Qué opina usted, Excelencia?

Por fin él pudo hablar.

—Creo que todo está claro, la Rueda del Futuro sigue su camino, este valle pronto dejará de ser nuestro hogar.

El duende y la genio se miraron alarmados.

***

Dentro de la caverna, Fangdottir no daba crédito a lo que estaba viendo - el interior de la guarida de Badgeist parecía una jungla.

—¡Su Excelencia! —empezó a gritar.

Caminando entre los herbazales se encontró con otro duende que reconoció al instante.

—Memón, ¿qué ha ocurrido aquí?

—Una tragedia —respondió—, ¿recuerdas la bruja bella de la que nos hablaba nuestro jefe?

—¡Sí! La acabo de conocer. Esa era la razón de mi visita, comunicárselo al Gran Badgeist.

—Sin saberlo, la muy tonta traía adheridas a su túnica tierra y semillas, elementos de la Madre Tierra, que al cabo del tiempo germinaron acabando con la vida de nuestro jefe.

Fangdottir escuchaba con los ojos desorbitados mientras Memón seguía hablando.

—Ahora tenemos un nuevo líder—, dijo señalando a su izquierda al Brujo Sinforoso, que salía de las sombras.

—Bienvenido, pequeña criatura, puedes hacer honor a mi persona —dijo.

El rostro del duende se contrajo.

—¿Qué le hicieron a mi jefe? —chilló.

—Un lamentable accidente —insistió el brujo.

—¡No fue un accidente! ¿Díganme dónde lo tienen?

Sinforoso comenzó a perder la paciencia.

—Mi duendecillo, será mejor que te calmes y me obedezcas.

—¡No! Solo obedezco a mi Señor Badgeist.

El brujo dirigió su bastón hacia Fangdottir.

—¡Necio! ¿No te has dado cuenta que ningún líder es imprescindible? —y lo convirtió en piedra caliza.

Acto seguido, Memón fue designado como Jefe de los Duendes Sombríos.

—Es demasiado honor para mí, Su Excelencia —dijo sonriendo.

***

La bruja Marquela estaba inquieta en su caserón.

—¿Qué pasará que Sinforoso no responde? —dijo mientras veía la bola de cristal.

—¿Se le ofrece algo, Su Excelencia? —escuchó una voz detrás de ella que la asustó.

—¡Silampa! ¿Hasta cuándo tendré que soportar esto? —exclamó sobresaltada.

—¿Soportar qué, Su Excelencia? —contestó la aparición con tranquilidad.

—Ese comportamiento de ánima en pena.

—Disculpe, Su Excelencia, no lo puedo evitar.

—Si nadie te ha llamado, ¡retírate!

—Mientras sea un ánima que le cause pena, será suficiente diversión para mí —murmuró el espectro y se esfumó.

Marquela prestó atención nuevamente a la bola de cristal, y entre las tinieblas que se observaban en su interior, se dibujó el rostro de Sinforoso.

—Hola, mi bella bruja, ¿puedo pasar?

—Por supuesto —contestó Marquela con disgusto—, te estaba esperando.

Un torbellino gris salió del interior de la esfera mágica y dentro de él apareció el brujo.

—Hoy estás más bella que nunca —le dijo con picardía.

Sin embargo, Marquela no estaba de humor para galanteos.

—Ahórrate los piropos, tengo una buena noticia que espero haga que las Órdenes Oscuras me perdonen. Todavía no entiendo por qué me culpan de la destrucción de Badgeist.

—Porque tú fuiste la última que estuvo con él.

—¿Estuvo? Querrás decir "estuvimos" —dijo molesta— tú estabas ahí también.

Sinforoso no pudo evitar una carcajada.

—¿Qué te causa tanta gracia? Espera un momento. ¡Fuiste tú! ¿Verdad?

—Por primera vez en mucho tiempo tienes la razón —contestó el brujo, sin parar de reírse.

—¡Canalla! ¿Cómo pudiste hacerme esto? —dijo, mientras se abalanzaba para golpearlo.

Él la detuvo sujetándola por los brazos.

—Entiéndelo, mi bella bruja, de haber reconocido yo la culpa nunca hubiera podido tomar la posición de Jefe Supremo de las Órdenes Oscuras.

—¿Y para eso me tuviste que culpar a mí? ¿Qué gano yo con esto?

—¿Qué te parece ser la nueva Jefa de las Órdenes Negras del Nuevo Mundo?

Marquela se detuvo a meditarlo.

—¿Y de qué me sirve este título si mis futuros seguidores aún piensan que soy culpable? —dijo más calmada.

—Querida, recuerda que ahora soy el Líder Supremo. El haber perdonado tu descuido es suficiente. Ahora dime, ¿cuál es la buena noticia?

## *Capítulo 11*

# *LA RUEDA DEL FUTURO*

Rencifo caminaba sobre uno de los cerros que rodeaban El Valle Prohibido. Llevaba varias semanas haciéndolo, desde que había visto a la bruja Marquela en su bola de cristal.

De vez en cuando contemplaba la belleza del verde paisaje que se extendía hasta encontrarse con el Mar del Sur. Era tan solo cuestión de tiempo para que el territorio que había sido su hogar por cientos de años fuera poblado por humanos. Pero confiaba en que la Magia Especial, dispersa en cada uno de los rincones del lugar, contrarrestara los conjuros con que las Órdenes Oscuras se estaban apoderando del continente.

—Gran Jefe, quiero decir, Su Excelencia, —escuchó que le decía la bruja Casilda a sus espaldas.

Volteó y con un gesto raro en él, le sonrió.

—A estas alturas me puedes llamar como gustes, mi buena amiga - le dijo con una actitud que extrañó a la bruja.

—Excelencia —prosiguió ella— se está corriendo

el rumor entre los habitantes de El Valle que se acerca el final de nuestros tiempos.

Rencifo cerró los ojos, y nuevamente adoptó su actitud severa usual.

—Ese día llegará cuando renunciemos a nuestro juramento de cuidar a la Madre Tierra —expresó con firmeza.

—Las Órdenes Oscuras han descubierto nuestro hogar —insistía Casilda— y tienen las armas para destruirlo.

—Podrán destruir nuestro hogar, pero no a nosotros ni a la Magia Especial.

Casilda estaba perpleja. Nunca había visto a Rencifo tan expresivo, ya que nuevamente el rostro le había cambiado y dejaba ver trazos de ternura en él.

—No tengas miedo Casilda, en su momento yo mismo me encargaré de alejar el mal de estas tierras.

Dicho esto, ambos se quedaron mirando el horizonte, cuando advirtieron en la lejanía a un grupo de hombres que cabalgaban en dirección a ellos. Casilda miró al Regente.

—Esto fue lo que trató de evitar Tulia hace un año —dijo ella.

—Simplemente, atrasó un hecho que era ineludible. Nunca sabremos si su acción hizo más daño que bien; hubiese sido preferible que los humanos entraran a El Valle por sí solos, y no como está ocurriendo ahora, guiados por fuerzas oscuras.

Con esas palabras, Casilda comprendió la severidad del castigo de Tulia, que ella había considerado injusto. Ambos continuaron la caminata hasta cruzar el límite de El Valle. Grande fue su sorpresa cuando a unos metros vieron a una bella mujer vestida con túnica negra agitando en el aire un gran bastón del mismo color, y gritando palabras incomprensibles. La reconocieron al instante, era Marquela, la nueva Regente de las Órdenes Negras.

El Gran Jefe levantó su bastón blanco y de éste brotaron rayos con los colores del arco iris. La Magia Especial y los Conjuros de Codicia se encontraban cara a cara, al igual que Rencifo y Marquela.

***

Yasmina estaba sentada frente a la morada de Rencifo, acunando al pequeño Manrique, cuando llegó Karkoff. Rápidamente entablaron una amena conversación. La genio aprovechó la oportunidad para aclarar algunas dudas.

—¿Cómo hizo Badgeist para atraer duendes a su causa?

—De la única manera que saben hacerlo las Órdenes Oscuras, mediante engaños y falsas promesas.

—¿Y así fue como Fangdottir se unió a ellos?

—Así es, Yasmina, no pudimos darnos cuenta a tiempo. Menoff tenía razón al sospechar de él.

—¿Cómo pudo un duende corrupto entrar en tierras ocupadas por Órdenes Brillantes?

—Al igual que se infiltraron en el Concilio del Arco Iris. Recuerda que, por ser duendes, podemos evadir la magia de la Madre Tierra.

—Es cierto —dijo pensativa la genio—, mientras que Badgeist no puede estar en contacto con ninguno de los elementos de la misma porque sería destruido, ustedes al igual que las hadas pueden ir donde deseen.

Karkoff miró fijamente a Yasmina.

—Ya que lo mencionas, Florabel me informó que él ha desaparecido y no sabemos quien rige ahora las Órdenes Oscuras.

—¿Desde cuándo? ¿Por qué no he sido informada?

—Desde hace unos meses. Rencifo no ha querido dar la noticia oficialmente, pues teme que sea una treta.

Yasmina no pudo evitar mostrar disgusto por la falta de confianza en ella, lo que fue percibido por Karkoff.

—No te molestes, mi querida genio, simplemente él quería estar seguro antes de decírtelo. Lo que me extraña es que no te hayan llegado los rumores que circulan desde hace tiempo en El Valle.

—Creo que tendré que pasar más tiempo fuera de mi botella —dijo resignada.

El líder de los duendes notó un abrupto cambio en la expresión de la cara de Yasmina, que ahora se veía preocupada.

—¿Sabes dónde está el Regente? —le preguntó repentinamente la genio.

—Está en su recorrido vespertino por las montañas, en espera de lo que él llama "La rueda del futuro" —contestó.

De repente, ante los asombrados ojos de Karkoff, apareció un tapete de vistosos colores.

—Súbete a esta alfombra —le ordenó Yasmina.

—Pero, ¿cómo hiciste eso? —le preguntó.

—No preguntes, solo siéntate en ella de la misma manera que yo la hago.

Así lo hizo y el tapete comenzó a elevarse.

—Los brujos vuelan en sus escobas, los genios lo hacemos en esto.

—¿Qué ocurre, Yasmina? ¿Por qué estás tan alterada?

—Cuando este talismán vibra, significa que está ocurriendo un suceso extraordinario —dijo, mientras le mostraba un cristal iridiscente que colgaba de una cadena en su cuello.

—¿Está en peligro el Regente? —preguntó alarmado el duende.

***

La pequeña Constanza se encontraba leyendo uno de los tantos libros que le fueron obsequiados durante su visita al Concilio del Arco Iris, cuando el colibrí Paquín entró por la ventana.

—¡Constanza! ¿Dónde está tu hermana? —indagó ansioso.

—Salió a encontrarse con el Jefe Rencifo, perdón, quiero decir Su Excelencia Rencifo. No me acostumbro a llamarlo por su nuevo título —dijo la niña sonreída.

—¿Sabes adónde?

—En el cerro de la entrada, ¿ocurre algo? — preguntó curiosa.

—Luego te cuento —y salió volando apresurado.

***

Rencifo y Marquela se miraban fijamente.

—Así que tú eres el Gran Jefe de las Órdenes Brillantes en esta área —dijo soltando una carcajada la bruja mala—, pero qué insignificante que eres. ¿Pensaste que me asustaría con ese despliegue de luces? Soy más poderosa de lo que crees.

Rencifo cerró los ojos.

—Tu poder es ínfimo comparado con el de la Madre Tierra —dijo.

—JAJAJA, ya verás cuando esté destruida.

—¿Cómo su líder Badgeist? —intervino Casilda con cara de disgusto.

—¿Quién es esta gorda entrometida que osa nombrar a nuestro líder?

—¿Es que todavía queda algo de él? ¿O es que tenemos mejores informantes que ustedes? —preguntó Casilda con sarcasmo.

El semblante soberbio de Marquela cambió por uno de disgusto.

—Necios, miren a lo lejos, ¿ven esos hombres cabalgando? Es una pequeña muestra de lo que les espera. Cuando profanen su precioso valle, éste perderá su Magia Especial, podré entrar en él y lanzar mis conjuros de codicia sobre ellos para que lo destruyan.

En ese momento aterrizaba en el tapete mágico Karkoff y Yasmina. Marquela los miró con desprecio.

—Veo que llegan más bufones a contemplar el principio del fin —y con una última carcajada, desapareció en un torbellino de tierra.

La primera en hablar fue la genio.

—¿Qué ha ocurrido con la bruja Marquela, Su Excelencia?

Antes de que pudiera contestar llegó Paquín, pero por estar fuera de El Valle, no podía hablar. Al ver su desesperación, los presentes lo siguieron hasta estar dentro de sus límites.

—Excelencia —dijo por fin—, ya llegan, hombres blancos y nativos se acercan.

Rencifo volvió a cerrar los ojos.

—La rueda del futuro empieza a girar para nosotros —dijo.

***

Se reunieron todos en el área frondosa y ahí Rencifo les informó lo que muchas décadas atrás él ya sabía - que tendrían que abandonar El Valle Prohibido para que éste fuera repoblado por humanos.

Les ordenó que lo siguieran por un sendero que concluía en un riachuelo. Al otro lado, había una inmensa piedra con una serie de extrañas figuras grabadas en ella. Cruzaron el riachuelo hasta ubicarse en un pequeño claro frente a la monumental roca. El Regente se colocó de espaldas y le habló al grupo.

—El futuro ya es presente, frente a ustedes tienen

a la Gran Piedra de los *Murie*. Ella nos descubrirá el camino a un mágico bosque que hasta ahora es desconocido para la humanidad y que será nuestro nuevo hogar. Hacia allá nos dirigiremos.

Al concluir, levantó su bastón que emitió una intensa luz blanca que los fue envolviendo a excepción de tres duendes.

—Los seguidores de las Órdenes Oscuras no tienen cabida a donde vamos.

Ante la mirada sorprendida de los demás, los tres infelices corrieron despavoridos hasta perderse de vista. Casilda y Yasmina, que sostenía a Manrique en sus brazos, se acercaron a Rencifo. Todos miraron a Karkoff, quien bajó la mirada avergonzado.

—Te aseguro que ya no hay traidores entre los tuyos - dijo el Regente tratando de reconfortarlo.

—Aún así, no puedo dejar de sentir pesar por la ingratitud de esos tres.

El Gran Jefe miró hacia la piedra y volvió a hablar.

—Frente a ella los habitantes de estas tierras declararon sagrado este valle. Desde aquí cuidamos a las poblaciones vecinas. Ahora los tiempos han cambiado, un encuentro similar al Concilio del Arco Iris se está dando entre los humanos, el cual dará origen a nuevos hombres y mujeres.

Todos escuchaban atentos.

—Ahora nos trasladaremos a ese bosque mágico del que les hablé.

El gigantesco peñón empezó a elevarse dando paso a una gruta que los llevaría a su nuevo hogar - EL BOSQUE ESCONDIDO.

## Capítulo 12

# LOS BOSQUES MÁGICOS

Sinforoso conversaba amenamente con Marquela en el caserón que ella ocupaba.

—Estoy encantado con tus logros, mi bella bruja —dijo él con orgullo—, te has ganado el respeto de quienes una vez dudaron de tu liderazgo y hasta han olvidado el incidente de Badgeist.

Al decir estas palabras se escuchó un gruñido fuera de la casa.

—¿Qué fue eso? —preguntó perplejo el brujo.

—No lo sé, hace varias noches que lo escucho. Debe ser algún animal perdido. Pero no desviemos el tema, mi querido Sinforoso. ¿Qué me decías? —preguntó con su característica coquetería.

—¡Oh, sí! Te has ganado el respeto de las Órdenes Negras al hacer desaparecer a Rencifo y su gente.

Marquela jugueteó con su cabello, mientras se deleitaba con los halagos de su jefe.

—Gracias, Sinforoso. Ahora que esos insípidos no están, verás los progresos que lograré.

—No me cabe la menor duda, mi bella bruja.

Con su bastón mágico, Marquela hizo aparecer dos copas y una botella de un extraño licor.

—¡Brindemos por la desaparición de la Magia Especial! —exclamó ella.

—¡Que así sea! —la secundó el brujo gordo.

Todo era carcajadas y celebración, de repente Sinforoso advirtió una pequeña luz en un rincón de la habitación.

—¿Qué es eso, Marquela? —preguntó señalándola.

—Es una de esas desagradables luciérnagas. No te asustes Sinforoso —dijo riendo sarcásticamente—, que no te vaya a ocurrir como Badgeist, que al final veía luces por doquier.

Obviamente, el comentario no fue del agrado del brujo.

—Bueno, mejor me retiro. Se me ocurrió la idea de crear un desierto de salinas en un área cercana a tu horrible valle y tengo que trabajar en eso.

Al decir esto, se despidió rápidamente, y desapareció en el interior de la bola de cristal que estaba sobre la mesa junto a las copas.

—¡Malditas hadas! —dijo para sí— casi me descubre Sinforoso por culpa de ellas. ¡Cuánto las odio!

***

Los habitantes del otrora Valle Prohibido salieron de la caverna encabezados por su líder y caminaron un par de kilómetros hasta llegar al corazón de El Bosque Escondido. El área parecía un inmenso jardín. Por todas partes se apreciaban hermosas flores de diversas especies; la más abundante era una orquídea blanca, de delicioso aroma, en cuyo centro aparecía la forma de una paloma con las alas abiertas.

—Este será nuestro nuevo hogar —exclamó

Rencifo—. Aquí los brujos blancos viviremos en paz y concordia con la naturaleza.

Viendo el rostro compungido de Karkoff, le habló.

—No eres culpable de los desaciertos de Fangdottir. Tu pueblo ha mostrado su lealtad. Por ello, tendrán una porción de tierra donde podrán construir su propia villa, la que estará bajo tu gobierno, pues desde hoy te nombro Regente de los duendes.

Karkoff inclinó la cabeza en señal de agradecimiento y aceptación. Rencifo continuó hablando.

—Nosotros, los miembros de la Hermandad Blanca, construiremos nuestra villa en este lugar —dijo mientras enterraba su bastón en la tierra—. Los gnomos y las hadas resguardarán el área frondosa contigua a los nuevos árboles susurrantes.

Casilda pidió la palabra.

—Con su permiso, Excelencia. Si usted está de acuerdo, desearía construir mi casa fuera de la villa. Sabe que me gusta estar en contacto directo con la Madre Tierra.

Rencifo cerró los ojos unos instantes para meditar. La bruja se sintió tranquila al ver que el Regente no había modificado su manera de ser, luego de tan dramático cambio.

—Será como deseas, mi querida amiga —dijo al fin.

***

Marquela se encontraba sentada meditando, luego de la súbita partida de Sinforoso.

—Su Excelencia —le habló la Silampa a sus espaldas, sorprendiéndola como siempre.

—¡Hasta cuando te voy a tener que soportar, ánima en pena! —exclamó disgustada.

—Bueno, Su Excelencia, recuerde que usted contrató mis servicios a perpetuidad.

—¡Tú lo has dicho "tus servicios", lo que implica no molestar cuando no te necesito!

—Su Excelencia sabe que no es mi intención molestarla, solo quería decirle que en mi humilde opinión, cometió un error al no decirle toda la verdad a su jefe.

—¡Estás colmando mi paciencia!

—Su Excelencia, debió informarle que los brujos blancos no han desaparecido, sólo se han ocultado en otro lugar, como nos dijeron los tres duendes que llegaron anoche.

—¡Cállate! Sé muy bien lo que hago. Tú limítate a tus deberes. Quiero que todo esté listo para la gran ceremonia de mañana en la noche.

***

Los nuevos habitantes de El Bosque Escondido empezaron inmediatamente a cumplir con las órdenes de Rencifo. Los duendes se dirigieron entonando alegres canciones, hacia el lugar señalado para que construyeran su villa. Las hadas y los gnomos se retiraron al área frondosa.

Sonsoles llevó a un lado a Casilda.

—Es menester que regrese al Bosque Cantábrico a informar personalmente lo que ocurrió —dijo.

—¿Nos vas a abandonar? —preguntó Casilda con preocupación.

—¡No! Sabes que mi lugar es con ustedes. Pero Zeledonia tiene una amplia experiencia con este tipo de problemas. Sus consejos serán invaluables, así como cualquier objeto mágico que nos pueda facilitar.

—¿Cuándo se lo dirás al Regente?

—Justo ahora, pero quería que fueras la primera en saberlo. Zeledonia te aprecia mucho.

—¿Y cómo llegarás allá?

—En una de las escobas voladoras que nos

obsequiaron en el Concilio del Arco Iris, ¿recuerdas? A mi regreso, les enseñaré cómo usarlas.

—¿Y por qué no usas la magia de la Madre Tierra?

—Quiero volar, deseo ver qué ha ocurrido en el Viejo Mundo en estos últimos años, pero estaré de vuelta pronto.

Con cara de tristeza se retiró a hablar con Rencifo.

***

La noche era más oscura de lo usual. Era luna nueva y unas espesas nubes cubrían el cielo. En un claro, en medio de la espesura de la selva, frente a una hoguera, se apreciaba la bella figura de la bruja Marquela levantando su cetro en alto. Le acompañaba la Silampa, quien flotaba a su lado.

—¡Vigilantes, traigan a mis nuevos servidores!

Dos fornidos brujos con pieles oscuras de animales ceñidas a la cintura por cadenas salieron de entre los árboles circundantes. Estaban acompañados por duendes con atuendos en tonos grises.

—¡Bienvenidos, mis queridos duendes! —dijo Marquela regocijada.

—Qué pomposa —murmuró la Silampa.

Los recién llegados se colocaron alrededor de la fogata en los lugares indicados por los vigilantes.

—Frente a los elementos de la Madre Tierra - Fuego, Aire y Tierra, los invito a colaborar en su destrucción sin el estorbo de la humanidad —continuó Marquela.

—Su Excelencia, Su Excelencia, —le susurraba insistentemente la Silampa.

—¿Qué quieres? —preguntó en voz baja, interrumpiendo su discurso—. ¡Hasta en estos momentos eres impertinente!

—Su Excelencia, olvidó mencionar el elemento "Agua".

—¡No oses corregirme, espantajo! —y continuó hablando—. Nuestro plan empezará con la próxima puesta del sol y gracias a los Conjuros de Codicia, la humanidad será el instrumento para...

Su voz fue opacada paulatinamente por un fuerte viento que arrastraba una tormenta, que se desató con furia sobre ellos.

—¡Silampa! El fuego se apaga y me estoy mojando. Vigilantes inútiles, hagan algo! ¡Duendes, recuerden que están a mi servicio! ¿Dónde están todos?

A esa altura, todos corrían para resguardarse de la feroz lluvia.

—¿Pero qué ocurre? —preguntó mirando a la Silampa que fue la única que permaneció a su lado.

—Es el elemento que olvidó pronunciar, Su Excelencia.

—¡La Madre Tierra no se burlará de mí! —gritó a diestra y siniestra.

El torrencial aguacero arreciaba al punto que no se veía más allá de unos metros. De repente, Marquela sintió un penetrante olor a azufre acompañado por unos gruñidos ya conocidos por ella. Se alarmó al ver frente a ella un par de ojos rojos como fuego.

—Badgeist! —dijo entre dientes y alarmada.

Mientras se acercaba el ser pudo ver su horrible figura. Tenía cabeza de chivo, patas de puerco y un cuerpo deforme lleno de manchas. De su hocico sobresalían unos enormes colmillos.

—¡Serimpío! ¿Dónde te habías metido?

—¿Silampa, qué es esa cosa tan horrible? —dijo la bruja llevando su mano al pecho con cara de asco.

—Mi asistente personal, Su Excelencia, el chivato. Por cierto, es muy sensible, así que por favor, no lo llame de esa manera.

Marquela no respondió. Salió corriendo al caserón, furiosa por la manera en que su ceremonia se había echado a perder. Ya adentro, empapada de pies a cabeza, levantó su bastón y el agua se evaporó de sus vestiduras, pero se percató de una presencia.

—¡No! —gritó—. ¡Fuera de aquí hadas, me van a volver loca!

—Su Excelencia —le sobresaltó la voz de la Silampa.

—¡Fuera de aquí, aprendiz de espectro, déjenme sola! —vociferó mientras agitaba su bastón en el aire —. ¡No quiero ver a nadie!

—¿Ni siquiera a mí, bella bruja? —dijo Sinforoso entrando a la habitación.

Esto bastó para tranquilizarla.

—Te pido disculpas, es que esta servidumbre tan inepta me saca de quicio.

—Marquela, dejemos lo de la servidumbre a un lado, vengo a hablar algo muy serio contigo.

La tormenta proseguía con más furia cada vez.

—¿Ves lo que has provocado? La furia de la Madre Tierra —dijo el brujo visiblemente molesto.

—Soy la Regente de las Órdenes Negras y como tal...

—Y como tal, tu poder es más débil para enfrentarla a ella directamente. Recuerda, tu trabajo es con los humanos y no con la naturaleza. Nunca vuelvas a convocar a sus elementos o correrás la suerte de Badgeist.

La bruja guardó silencio. La tormenta aminoró su fuerza y se escucharon nuevamente los gruñidos fuera de la habitación, pero esta vez Sinforoso hizo caso omiso de ellos y siguió reprendiendo a Marquela.

—¿Por qué me ocultaste la verdad sobre el destino de los Brujos Blancos?

—Sinforoso, yo...

—¡Además, estoy enterado que las hadas entran y salen de tu casa cuando les place, llevando información a Rencifo!

—Te lo iba a decir, pero...

—¡No me interrumpas! He tomado una decisión.

Marquela tembló al escuchar esas palabras. Al ver su cara, el brujo la tranquilizó.

—No te preocupes, mi bella bruja, a ti no te pasará nada. Mi decisión se refiere a este bosque.

Por unos segundos hubo silencio y luego continuó Sinforoso.

—Será un bosque mágico al igual que el de los Brujos Blancos, de manera que sólo nosotros podamos acceder a él.

—¿Y cuándo será la ceremonia para celebrarlo? —preguntó tímidamente Marquela.

—¡Acaso no me escuchaste cuando dije que no habrán más ceremonias! —le gritó el brujo—. A partir de hoy, éste será el Bosque Negro porque así lo he decidido.

## *Capítulo 13*

## *EL PASO DE LOS SIGLOS*

Para la mayoría de los habitantes de El Bosque Escondido, la vida transcurría de manera ordinaria. Con el paso de los siglos, las Villas de los Brujos y de los Duendes se habían convertido en comunidades donde los seres mágicos vivían en paz y armonía, a pesar de la preocupación por la guerra que desgarraba las tierras aledañas.

Rencifo no era ajeno a ello, pero sabía que aún no había llegado el momento de actuar. El Foso del Gran Oráculo lo reveló:

> *No es menester intervenir ahora. Los hombres en esta tierra deben saber de la guerra. En sus mentes al volver de los mil días será recordada.*

Por esa razón, el Gran Jefe decidió que permanecieran ocultos más tiempo, limitándose únicamente a rescatar alguno que otro niño huérfano que llegase a las inmediaciones del bosque.

***

El tigre Manrique había crecido entre libros. Su sed por aprender era insaciable, igual que su orgullo por ser el favorito de Rencifo, lo que lo había convertido en un ser altanero y pedante.

Constanza era ahora una hermosa mujer, muy querida por su sabiduría y elocuencia. Aquel día en particular, pasó frente a la cueva del tigre, acompañada de dos niñas que reflejaban miedo en su cara.

—Vaya, vaya, es la bella del bosque —dijo con sarcasmo Manrique—. ¿Quiénes son esas pequeñas con cara de susto?

—¡Un tigre que habla! —exclamó una de las niñas.

—Calma, Dorita, ya te expliqué que en El Bosque Escondido, los animales adquieren el don del habla —les aclaró la joven bruja y dirigiéndose a Manrique, dijo— Son dos huérfanas de la guerra que rescaté. Sus nombres son Marina y Dorita, y vivirán en la Villa de los Brujos.

—¿Acaso piensas llenar nuestro bosque de huérfanos como tú? —dijo el tigre sonriendo.

Constanza se disgustó por el sarcasmo en su comentario.

—Si alguien las entiende, soy yo —le contestó—, y tú deberías hacerlo también, o es que ya olvidaste que eres huérfano y fuiste recogido por nuestro Regente.

La sonrisa se borró de la cara de Manrique.

—No tengo tiempo para perderlo hablando con ustedes. Tengo que seguir preparándome para el proyecto que me encomendó mi padre —dijo con un gesto de desaire y se metió en su cueva.

—¿Ese tigre es malo? —preguntó Marina.

—No —respondió Constanza—, es tonto, pero por si acaso nunca se acerquen a su cueva.

***

Casilda sintió que tocaban a la puerta. Para su sorpresa era Sonsoles.

—¿Amiga, cuándo regresaste? ¡Pero pasa, ponte cómoda!

—Acabo de llegar, y quería que fueras la primera en saberlo.

—Honor que me haces. ¿Cómo está Zeledonia? —preguntó mientras ambas se sentaban en unos cómodos sillones.

—Pues he de decirte que está muy preocupada por la guerra tan cercana a ustedes.

—Es una guerra por el poder —dijo Casilda con amargura.

—Son guerras de codicia, ya es hora de que empiecen a trabajar la magia especial.

—¡Ay! Sonsoles, no es tan fácil como crees. El Regente quiere asegurar que cada uno de los habitantes esté preparado para enfrentar a las Órdenes Oscuras, por lo que tendremos que someternos a un cuestionario de mil preguntas en una cueva y no podremos salir hasta contestarlas todas.

La recién llegada le miró asombrada.

—No me parece mala idea en general, aunque un tanto extrema, pues tomará décadas hacerlo.

—Lo peor es que no sabes quien será el encargado de probar nuestros conocimientos.

***

El tigre Manrique caminaba sobre sus patas traseras en la cueva que había sido su hogar durante los dos últimos siglos. Se dirigió a la parte trasera, donde grandes anaqueles tallados en piedra, estaban repletos de voluminosos libros.

—Mi sabiduría es ilimitada - dijo con una sonrisa que mostraba sus grandes colmillos—, papá Rencifo estará orgulloso de mí.

Una pequeña luz apareció repentinamente, frente a él.

—No seas tan pedante, Manrique —le dijo el hada.

—¡Florabel! —reaccionó el gigante felino— ¿Hasta cuando vas a invadir mi privacidad?

—Hasta que veas que estás actuando de manera errada —le respondió enérgicamente.

—¡Fuera, fuera! ¡Maldita! —empezó a gritar hasta desaparecer el hada.

Seguía gritando, cuando una mano tocó su hombro, asustándolo.

—¡Oh! Me asustaste, Yasmina —dijo al ver a la genio.

—¿Por qué gritas y maldices tanto? —preguntó inquieta.

—Es Florabel, no me soporta, me hace la vida imposible.

La genio le miró con seriedad.

—Tu padre te ha dado una responsabilidad muy grande, no debes comportarte como un tigre malcriado.

—¿También tú te vas a poner en mi contra? —le reclamó.

—No, Manrique, simplemente no quiero ver a tu padre sufrir por tu culpa.

—Entonces que le diga a las hadas que me dejen en paz.

Yasmina puso cara de impaciencia y llevándose las manos a la frente, salió de la cueva.

—Mejor regreso a mi botella —dijo.

—Sí, vete y no salgas de ahí —murmuró el felino.

***

Mientras tanto, en El Bosque Negro, Marquela estaba ocupada lanzando sus hechizos de codicia y, en compañía de sus secuaces, disfrutaba de los estragos causados por la guerra que tenía lugar en el istmo y en tierras del sur.

Estaba sentada frente a su bola de cristal cuando apareció dentro de ella el rostro de Sinforoso.

—¿Se puede pasar, mi bella bruja? —preguntó el rostro con una sonrisa.

—Claro, mi querido maestro, siempre eres bienvenido —respondió Marquela con su usual coquetería.

Un torbellino gris salió de la bola, y el brujo se materializó.

—Permíteme felicitarte, pues has sabido reivindicarte. La idea de la guerra ha sido genial.

—¡Ay! Gracias, Sinforoso. Pero debo darles su crédito a mis colegas del sur que me han ayudado.

—¿Has tenido noticias de nuestros adversarios?

—No hemos sabido nada de esos insípidos en casi quinientos años.

—Este nuevo siglo promete ser de victorias para nosotros —exclamó triunfante el brujo.

—Brindemos por eso —dijo Marquela e hizo aparecer una botella y dos copas sobre la mesa.

—Sin ceremonias, por favor, mi bella bruja.

—Es solo un pequeño brindis por nuestro triunfo.

—Hemos ganado una batalla, pero no la guerra. No debes bajar la guardia.

—No te preocupes, esos insípidos han desaparecido para siempre.

El rostro de Sinforoso se tornó serio.

—Sí es así, ¿por qué no has podido destruir por completo El Valle Prohibido?

—Bueno... Yo... Verás...

—La magia especial se siente en ese lugar —y tomándola por la barbilla le dijo— sabes que no te conviene decepcionarme otra vez. Recuerda que las tareas no se hacen a medias.

—Este... Yo... tengo un plan...

—¡Acción! —le gritó Sinforoso— lo has estado haciendo bien hasta ahora, pero bien no es lo mismo que excelente. Pronto volverás a saber de mí.

Un torbellino lo absorbió y desapareció en el interior de la bola de cristal.

—Si tan solo supiera dónde están escondidos esos malditos —murmuró al quedar a solas.

## *Capítulo 14*

## *LA LLEGADA DE PAVEL*

Sonsoles y Casilda salieron de la casa para dar un paseo por el bosque. A su alrededor, los demás habitantes del bosque se veían preocupados, debido a la noticia de que serían sometidos a una dura prueba.

—Amiga, no creo que sea buena idea poner al tigre Manrique al frente de la Cueva de las Mil Preguntas —dijo Sonsoles.

—Tienes razón, es verdaderamente odioso. ¿No entiendo por qué la Magia Especial no lo ha alcanzado? —preguntó Casilda.

—Porque no es un ser humano, es un tigre —respondió—, en otras palabras, un depredador.

—Lo peor es que el Regente Rencifo lo tiene en alta estima; lo quiere como a un hijo.

—Cierto, amiga, pero estoy más preocupada por las décadas que perderán con ese examen, que por el propio Manrique.

Una voz las interrumpió a sus espaldas.

—No deben juzgar tan duro a Manrique ni al

Regente —les dijo el duende Karkoff—. La prueba de las mil preguntas trata de enfrentarnos a lo peor que nos puede pasar.

En ese instante, vieron correr a Marina y Dorita asustadas.

—¿Qué pasa niñas? ¿Qué travesuras han hecho? —preguntó Casilda.

—El tigre Manrique nos dijo que cuando fuéramos grandes nos quedaríamos encerradas en su cueva —respondieron ellas.

Las dos brujas grandes miraron interrogantes a Karkoff.

—Si quieren ser como nosotros, tienen que aprender a ser fuertes desde pequeñas —dijo a manera de excusa y se retiró.

***

Durante las siguientes cuatro décadas, mientras Sonsoles regresaba a su tierra ibérica una vez más, cada uno de los habitantes del Bosque Escondido se enfrentó a la temida prueba de la Cueva de las Mil Preguntas. Los brujos salían de ahí exhaustos una vez que lograban superar el examen, mientras Manrique sonreído simplemente decía:

—¡Que pase el siguiente!

Ese día, solo faltaba alguien: la bruja Constanza. Las rocas que obstruían la entrada a la cueva se abrieron, dejando salir a Yango, quien lucía agotado. Una vez más sonrió el tigre.

—Mi querida Constanza, pasa, vamos a divertirnos un rato.

Con paso firme y rostro desafiante Constanza entró a la cueva, y tras ella las rocas cubrieron el acceso nuevamente. Afuera todos estaban a la expectativa, pero para sorpresa de ellos, a los diez minutos la entrada se abrió y Constanza salió sonriendo, mientras el tigre no podía ocultar su disgusto.

—Esa es mi hermana —dijo Casilda.

—¿Qué ocurrió, Constanza? —le preguntó la genio Yasmina.

—Simplemente lo puse en su lugar —contestó. En realidad, nunca se supo qué sucedió adentro, pero el tigre Manrique jamás pudo ocultar su antipatía ante Constanza a partir de ese día.

—Ahora empezaremos a trabajar para esparcir la Magia Especial - anunció Rencifo, luego de comprobar que todos habían pasado el interrogatorio de manera exitosa.

***

La joven pareja se quedó mirando a una anciana que llevaba de la mano un niño que rondaba los ocho años, rubio y de ojos azules.

—¿Federico, qué no es esa la viuda de Francis La Croix? —preguntó la mujer a su esposo.

—Precisamente. ¿Qué hará por el Valle y quien será ese niño?

Se acercaron y luego de intercambiar saludos, la dama les habló del pequeño.

—Su nombre es Pavel, es huérfano y acababa de llegar de Europa huyendo de la guerra.

—Hola, Pavel —dijo la joven señora—, me llamo Marta, ¿hablas español?

—Poquito —contestó el pequeño con un extraño acento.

—¿Vive ahora en el Valle, doña Amanda? —preguntó Federico.

—No, estaremos unos días mientras él descansa. Al regresar a la capital, espero encontrar una buena familia que le dé acogida. Me gustaría que se quedara conmigo, pues me siento responsable porque era nieto de una gran amiga, pero yo estoy muy vieja para hacerme cargo de él.

Marta miró a su esposo, quien devolvió una mirada cómplice como diciendo "estoy de acuerdo".

—¿Y dónde se hospedan? —siguió indagando el señor.

—En la casa de mi amiga Inés. Su esposo era oriundo del mismo lugar que el pequeño.

—¿Se refiere a Inés Zaroj? ¡Nosotros vivimos a dos casas de la de ella! —exclamó la joven señora.

Y hablando lentamente, le dijo a Pavel:

—Tenemos un hijo más o menos de tu edad. Si quieres, puedes venir a jugar mañana con él.

—Le hará mucho bien —fue la respuesta de doña Amanda—. Necesita divertirse, pues ha sufrido mucho.

—Entonces te esperamos —dijo Marta acariciándole el cabello tiernamente.

***

Al día siguiente, temprano en la mañana, Marta y su hijo, se encontraban sentados en el portal de su casa, cuando vieron llegar a la anciana con el pequeño. Ella corrió a recibirlos.

—¡Bienvenidos! ¿Cómo estás Pavel? Hijo, ven para que conozcas a alguien.

El niño se incorporó de mala gana y se acercó a ellos.

—No seas maleducado, saluda a tu nuevo amigo —le dijo su madre.

Y obligado por las circunstancias, le extendió la mano.

—Mi nombre es Pedro, ¿y el tuyo? —dijo.

—Yo se llama Pavel —dijo tímidamente el niño.

El hijo de Marta soltó una carcajada.

—Pero que raro hablas y que nombre más cómico, parece de circo.

—No habla bien el español porque es extranjero —le reprendió su madre.

Y dirigiéndose a doña Amanda le dijo:

—Por favor, pasen adelante y pónganse cómodos.

Una vez en la estancia, la anfitriona se disculpó por un momento y aparte le advirtió a Pedro:

—Más vale que te lleves bien con Pavel, porque le pediré a doña Amanda que se quede estos días de verano con nosotros, será como un hermano tuyo.

—¡No, Mamá! Yo no quiero hermanos. Te dije que lo que quiero es un perro.

—Ya te dije lo que pienso hacer, así que obedéceme, sé amable y ve a jugar con él mientras yo converso con doña Amanda.

Regresaron a la sala con sus invitados. Los niños salieron a jugar al patio, mientras Marta, tal como se lo había dicho a su hijo, le sugería a la anciana que dejará a Pavel unos días con ellos, ya que tanto ella como su esposo pensaban la posibilidad de adoptarlo para que Pedro tuviera un compañero de su edad.

***

Casilda caminaba por los caminos empedrados que llevaban a la Villa de los Brujos cuando vio aterrizar frente a ella a Sonsoles en su escoba voladora con cara compungida.

—Amiga, ¿qué ocurre? Pensé que te quedarías más tiempo en el Viejo Mundo.

—¡No! No tengo palabras para describirte lo que ocurre allá. Una guerra como jamás la había visto. ¡Los Conjuros de Codicia están por acabar con el planeta! —exclamó cubriéndose el rostro con las manos.

Alarmada, Casilda la abrazó para consolarla.

—¿Cómo está Zeledonia y tus amigos del Bosque Cantábrico?

—Afortunadamente esta conflagración no los está tocando directamente como en la década pasada —concluyó, limpiándose las lágrimas.

Entre los matorrales, Menoff escuchaba la conversación de las brujas. Sintió una gran tristeza al enterarse de lo que pasaba en su antiguo hogar y con esto en su mente, salió a caminar fuera del Bosque Escondido; necesitaba estar solo.

***

Finalmente, Federico aceptó gustoso que el huérfano se quedara unos días con ellos. Esto no fue del agrado de Pedro, por lo que aprovechó la primera oportunidad para darle un buen susto a Pavel, de manera que no quisiera quedarse a vivir en su casa. Lo invitó a dar un paseo por un área boscosa cercana.

—Vamos, verás cosas que nunca habías visto —le animó.

—No vayan muy lejos —gritó Marta a los niños mientras se alejaban corriendo.

Pavel lo siguió por un sendero que terminaba en un río a través del tronco de un árbol caído. Al llegar a este punto, el huérfano se detuvo.

—No cruzar río —dijo.

—Alcánzame si puedes —le retó Pedro.

Y Pavel lo siguió. Al otro lado, el paisaje se convertía en un bosque frondoso. El niño se encontraba absorto observando maravillado la vegetación, nueva para él y sintió el clima templado que le hacía recordar las primaveras de su tierra natal.

Pedro aprovechó la oportunidad, y se escabulló entre los arbustos. Pretendía regresar a su casa y dejarlo solo, pero Pavel se percató de la ausencia de su acompañante.

—Pedro, ¿dónde estar tú? —exclamó en su rudimentario español.

Al no tener respuesta, empezó a caminar en círculos hasta darse cuenta que estaba perdido. En su desesperación gritaba frases en su idioma nativo, que para su sorpresa fueron respondidas por una voz chillona.

—¿Por qué lloras, niño? —le preguntó un pequeño ser rubio como él.

—¿Quién eres? ¿Cómo hablas mi idioma? —fue lo único que pudo decir Pavel asombrado.

—Me llamo Menoff y soy un duende.

El niño se asustó y estuvo a punto de salir corriendo.

—No temas, no te haré daño —le tranquilizó interponiéndose en su camino—. Vengo de tus tierras y sé que están sufriendo una guerra terrible.

Entonces el niño se puso a llorar.

—Mis padres murieron a causa de ella.

Menoff se sintió conmovido.

—¿Cómo te llamas?

—Pavel Chekov.

—Ven, Pavel, acompáñame —le dijo tomándolo de la mano—, te llevaré a un hermoso lugar.

—¿Adónde?

—Al Bosque Escondido.

***

En el Bosque Negro se escuchaban por doquier los gritos de la bruja Marquela.

—¡Silampa! ¿Es que no puedes hacer nada bien? Yo quería al niño rubio, no al pelinegro.

—Su Excelencia, me debe disculpar, pero la equivocación no fue mía, sino del duende Memón.

El duende, que sostenía del brazo a Pedro, se disculpó.

—El otro niño fue llevado por un duende sirviente de las Órdenes Blancas, así que les traje éste.

—¿Quiénes son ustedes? ¿Qué me van a hacer? —preguntó aterrado el pequeño.

Marquela lo tomó por el brazo.

—No te preocupes, niño insípido, bien dicen que peor es nada. Después de todo, quizás puedas sernos útil.

—¿Útil para qué? —insistió Pedro.

—Ya lo sabrás llegado el momento —respondió la bruja soltando una carcajada.

***

Marta y Federico se encontraban desesperados. Ya era de noche y los niños no regresaban, entonces decidieron ir a preguntar a la vecina.

— ¡Chencha! Buenas noches —llamó Federico.

Una campesina se asomó a la puerta de su casa de quincha.

—Buenas noches, vecinos —respondió.

—Fíjese que estamos muy preocupados —dijo el señor.

—Los niños salieron a jugar temprano y todavía no sabemos nada de ellos. ¿No los ha visto usted? —agregó Marta.

—Yo los vi en la mañanita corriendo pa'llá, pa'l río, pero después no sé pa'onde cogieron.

La mamá de Pedro se cubrió el rostro con las manos.

—¡Me desobedecieron! ¿Dónde estarán ahora?

—¡Ay! Niña Marta, ojalá que no se los hayan lleva'o los duendes como al hijo de mi prima Cheva.

—¿Pero qué dices?

—¡Sí, sí!... eso pasó el año pasa'o, por suerte lo encontraron a los tres días.

Marta tomó del brazo a su esposo y se alejó apresuradamente del lugar. Suficiente tenía con su preocupación para pensar en supersticiones.

***

En el Bosque Escondido, todos corrieron a recibir a Menoff y Pavel. La bruja Casilda, quien en ese momento jugaba con Marina y Dorita, se les acercó.

—¿Quién es este niño rubio? —preguntó sonreída con su característico guiño.

—Se llama Pavel Chekov, es mi nuevo amigo —respondió el duende—, lo encontré perdido en el bosque.

—¿Pero por qué tan callado, mi niño rubio? —preguntó Casilda.

—No habla mucho español, viene de las mismas tierras de donde vengo yo.

—No te preocupes, mi niño rubio, yo aprendí esa lengua en una semana —dijo la bruja sonriendo— ¿Adónde se dirigen?

—Vamos a la Villa de los Duendes, para que conozca a Karkoff.

—Bueno, después regresas con él para conocerlo mejor.

Las niñas se miraron entre sí.

—¿Cómo dijo Menoff que se llamaba el niño? —preguntó Marina.

—Creo que dijo Pacheco —respondió Dorita, y ambas soltaron una carcajada.

***

Pavel y Menoff siguieron el sendero que conducía hacia donde vivían los duendes. El pequeño se asombró al ver la villa que parecía una réplica en miniatura de su pueblo natal. Karkoff salió al paso al ver al visitante.

—¡Bienvenido seas, pequeño! —exclamó.

—Puedes hablarle en nuestra lengua ancestral, pues es oriundo de nuestras tierras. Se perdió en el bosque y decidí traerlo con nosotros —y dirigiéndose al niño dijo— te presento a nuestro Regente Karkoff.

El niño sonrió por primera vez en mucho tiempo.

—Me gusta mucho este lugar —repuso—. Quisiera quedarme a vivir aquí.

—Pero no puedes, tu familia debe estar muy preocupada —dijo el Regente.

—No tengo familia —dijo Pavel.

—Con su permiso, Excelencia —le interrumpió Menoff— el niño es huérfano. Perdió a los suyos en la guerra que azota nuestro viejo hogar. Es por esto que me atrevo a hacerle una petición.

—¿Qué me quieres pedir? —preguntó Karkoff.

—Solicito su aprobación para adoptarlo como miembro de nuestra hermandad.

***

Pasaron tres días de intensa búsqueda, en que varias cuadrillas de hombres y mujeres se internaron en los bosques buscando a los niños, que según varias personas "habían sido secuestrados por duendes". Federico y Marta estaban desesperados sin tener noticias de su hijo y del pequeño huérfano que habían decidido al fin adoptar.

—Estoy desesperada —repetía ella hasta el cansancio.

Su esposo la abrazaba tratando de darle ánimo y consuelo, pero él mismo estaba perdiendo las esperanzas, pues, ¿cómo iban a sobrevivir dos niños perdidos en áreas desconocidas? Pero ese día sus miedos fueron acallados por los gritos de unos de los hombres del pueblo.

—¡Encontramos a uno!

Marta corrió y vio a un hombre acompañado por otros que llevaban en brazos a su hijo inconsciente.

—¡Pedro! —gritaron sus padres al unísono.

Lo depositaron en una hamaca del portal. Chencha llegó inmediatamente al escuchar al barullo.

—Bendito sea Dios, encontraron a uno de los niños, ahora deben llamar al Maestro para que le haga una limpia.

—Lo que hay que llamar es un doctor —dijo el padre, y montó su automóvil para dirigirse a casa de su amigo Abdiel, que era médico.

—Necios —murmuró Chencha— que no saben que tienen que limpiar la maldad de los duendes malignos.

Al rato llegaron Federico y el doctor. Al examinar al niño, dijo que estaba bien, solo un poco deshidratado.

—Es un milagro, Federico —le dijo— con la cantidad de bestias salvajes que hay por estos lados, las posibilidades de hallarlo con vida eran pocas.

Marta no paraba de besar y abrazar a su hijo. En toda la escena parecían haber olvidado a Pavel. Sin embargo, Chencha los trajo a la realidad nuevamente.

—Ahora falta encontrar al otro niño, si es que los duendes lo quieren regresar.

Todos se miraron. Pedro recobró el conocimiento y los miró a todos.

—Hijo —le preguntó su padre, percatándose del hecho— ¿qué fue de Pavel?

—Se lo llevó un niño rubio como él —contestó.

—¡Alabao! —gritó Chencha—. Yo tenía razón, los mesmitos duendes se lo llevaron. Tal vez no lo veamos más nunca.

—¡Cállese! —le increpó Marta—. No diga tonterías, ese niño aparecerá también.

Sin embargo no ocurrió así. Pasaron los días, las semanas, los meses y los años, y la desaparición de Pavel se convirtió en un misterio sin resolver, al igual que el cambio sufrido por Pedro luego de la experiencia, ya que nunca volvió a ser el mismo.

## *Capítulo 15*

# *EL NIÑO PEQUEÑO*

El tiempo se detuvo para Pavel y se encontraba feliz en su nuevo hogar. Tal como lo había pronosticado Casilda, aprendió rápido el idioma y al llegar a la edad apropiada se convertiría en un duende como sus amigos de la Villa.

Los años se sucedieron rápidamente. El antiguo Valle Prohibido era ahora un lugar de recreo para la gente que vivía en la capital. Se construían grandes casas de veraneo, y las personas pasaban sus vacaciones allí para huir del infernal calor. Esa era una oportunidad espléndida para la bruja Casilda de estar en contacto con toda clase de niños, ya no sólo del lugar, sino provenientes de otras áreas, principalmente de la ciudad.

A menudo, Marina, Dorita y Pavel acompañaban a Casilda en sus paseos alrededor del Bosque para evaluar los cambios que se daban en el mundo exterior. Mientras ella volaba en la escoba que le había regalado Zeledonia, ellos lo hacían en la alfombra mágica, obsequio de Yasmina. Los pequeños no entendían del todo lo que ocurría; por ejemplo, las niñas se aterraron la primera vez que vieron un avión, y Pavel notaba como el transcurso del tiempo en el Bosque Escondido difería del tiempo real. Un día se aventuró a preguntar a Casilda.

—¿Qué día es hoy?

—Ay, mi pichón de duende, ¿por qué es tan importante eso?

—Porque me parece raro que todavía no haya crecido ni un poquito a pesar del tiempo que ha pasado desde que llegué.

—Pues ya han transcurrido treinta años, y seguirás siendo niño por varios siglos más. Recuerda que ahora vives en un bosque mágico.

De pronto interrumpió su conversación, y les ordenó a los chicos regresar a casa.

—Disculpen, pero alguien necesita mi ayuda —les dijo.

***

El pequeño Arturo caminaba entre los matorrales que estaban detrás de la casa de campo de su familia. Era un niño sumamente tímido. Su mirada tenía un halo de tristeza siempre. Era torpe en los deportes, algo tartamudo, gordo y poco sociable. Debido a esto, siempre era víctima de las burlas de los otros chicos de su edad.

Odiaba los paseos familiares a ese lugar, ya que los vecinos tenían un hijo, más o menos de su edad, llamado Fernando. Éste, a diferencia de él, era popular, deportista y buen estudiante y por alguna razón disfrutaba, junto con sus amigos al hacerle la vida imposible.

Ese día en particular, hubiera preferido quedarse en casa para no tener que enfrentar a los niños agresores, pero sus padres eran inflexibles en ese sentido.

—¿Qué haces aquí, cuando todos los otros muchachos están afuera jugando? —le regañaban.

A Arturo no le quedaba más que resignarse y tratar de pasar inadvertido entre los matorrales. Se encontraba absorto en sus pensamientos, dejando volar su imaginación, cuando escuchó una voz que gritaba.

—¡Ahí está, tras él!

Una vez más su pesadilla daba inicio. Empezó a correr con todas sus fuerzas antes de ser alcanzado por Fernando y sus amigos.

—¡Alcáncenlo! —gritaba Fernando entre risas y carcajadas.

Apresuró el paso dirigiéndose a un área boscosa desconocida para él. De pronto, como por arte de magia, las voces de quienes lo iban persiguiendo se dejaron de escuchar, hasta quedar todo en el más absoluto silencio. Había corrido tanto que sentía que el corazón iba a saltarle del pecho. Se sentó sobre una roca y al darse cuenta que estaba perdido empezó a llorar.

—¡Dios mío! ¿Hasta cuando me ocurrirá todo lo malo a mí? —gritaba desconsoladamente.

Ahora tenía miedo al regaño de sus padres, quienes seguro lo castigarían por ser tan tonto y perderse de esa manera. Las lágrimas seguían brotando cuando sintió una mano en su hombro.

—¿Qué te pasa, mi niño pequeño? —escuchó que le decía una dulce voz femenina.

Al voltearse, vio a la bruja Casilda, quien, con su característico guiño, le sonrió.

***

En el Bosque Negro aumentaba la expectativa. Sinforoso había anunciado su visita luego de varias décadas. Marquela preparaba un fastuoso recibimiento.

—Menos mal que es de día, así no tengo que aguantar a la impertinente Silampa ni al bicho raro del Chivato —murmuró.

Un grupo de duendes se encontraba en medio de los preparativos para la ceremonia de recibimiento, formando un círculo de piedras rodeado de piras, mientras que los fornidos brujos vigilantes tallaban en una roca el trono de Marquela para recibir al Regente de las Órdenes Oscuras.

—Todo debe quedar perfecto —no dejaba de repetir—, Sinforoso será testigo de la culminación a mis profanaciones al viejo Valle Prohibido, JAJAJAJAJA.

—Sus deseos son órdenes —dijo uno de los vigilantes, al que ella respondió con una coqueta sonrisa.

***

Arturo miraba perplejo a la señora vestida de blanco que tenía parada frente a él y que le resultaba vagamente familiar.

—Vamos, tranquilízate, cuéntame que te ocurre —le dijo, mientras le secaba las lágrimas con su mano.

Todas sus angustias se agolparon en su mente y se puso a llorar nuevamente. Casilda lo abrazó.

—Desahógate, mi niño pequeño, deja que tus lágrimas limpien tu interior, y cuando estés más tranquilo podrás decirme que te pasa.

—Tengo miedo... —empezó a decir el niño con voz entrecortada— me estaban persiguiendo y ahora me perdí, no sé como regresar a casa... mis papás me van a regañar.

—No te has perdido. Yo te traje hasta acá sin que te dieras cuenta —le dijo con una dulce sonrisa.

—¿Usted me trajo hasta acá? —repitió lleno de curiosidad.

—Sí, mi pequeño Arturo, estás en El Bosque Escondido.

—¿Cómo sabe mi nombre? —preguntó pasmado.

—¿No recuerdas ya a tu buena amiga, la Bruja Casilda, con quien jugabas hace cuatro años en el patio de tu casa?

El pequeño reaccionó, con razón le parecía conocida esa señora. Cuando era más pequeño siempre soñaba con ella... o no, jugaba con ella... ahora lo recordaba... sí, jugaba con ella, pero su madre le decía que era solo su imaginación... ¿cómo podía tener lo que imaginaba frente a él?... seguro estaba soñando de nuevo.

La bruja sonrió al ver la cara del pequeño llena de dudas, y en ese momento un colibrí se posó sobre el hombro de Casilda.

—Hola —le dijo la pequeña ave— ¿quién es tu nuevo amiguito?

—Se llama Arturo y lo he traído a conocer El Bosque Escondido.

El temor había desaparecido, de pronto se sentía a gusto, sin miedo y seguro en ese lugar. No pudo más que sonreír al oír al pajarito hablar.

—Te presento a Paquín —le dijo Casilda.

El niño sonrió tímidamente, mientras el pajarito se despedía y remontaba el vuelo.

—Ven —dijo la bruja—, vamos a dar un paseo.

—Señora bruja, puedo...

—¿Olvidaste que me llamo Casilda?

—Sí, ya me acuerdo...

—Ahora, mi niño pequeño, cuéntame ¿por qué corrías así?

Arturo le contó cómo Fernando y sus amigos siempre lo perseguían para hacerle maldades, y cómo sus padres lo regañaban por no enfrentarlo.

—Pero ellos son muchos, y me dan miedo —dijo con lágrimas en los ojos.

—No te preocupes, eso ya lo arreglaremos, ahora dame tu mano que se hace tarde y en tu casa deben estar preocupados.

El niño obedeció, y vio como un remolino de tierra

los rodeó súbitamente, y antes de poder reaccionar estaba parado solo en el patio de su casa, casi de noche.

—¿Qué fue todo eso? ¿Otra vez mi imaginación? —dijo en voz baja.

Una voz lo trajo de vuelta a la realidad.

—¿Dónde estabas? Mi mamá está furiosa —dijo su hermana, que era delgadita, un año menor que él.

Arturo ni se inmutó, en ese instante ya no sentía miedo de nada. Su madre lo recibió furiosa en la puerta de la casa.

—¿Por qué haces esto? ¿No sabes el susto que nos has dado al desaparecer así?

—Eres un irresponsable —secundó su padre, que se acercó al verlo llegar— ¿Dónde estabas?

—En el Bosque Escondido —contestó tranquilamente.

Su usual nerviosismo ya no estaba y esto desarmó a sus padres. Se dirigió a su cama, se tiró en ella y cerró los ojos con fuerza, pues quería imaginar nuevamente ese lugar.

—Ese bosque es tu jardín interior —sintió que le decía una vocecilla.

Al abrir los ojos vio una luciérnaga revoloteando sobre el techo.

***

En la casa vecina, Fernando también entraba por la puerta trasera que daba a la cocina. Sus padres no advirtieron su llegada. Estaban enfrascados en una interesante conversación con un invitado en el portal de su casa. El niño no sabía quien era, así que se preparó un emparedado mientras escuchaba la conversación de los adultos.

—Le aseguro, *Mister* Greed, que la compra de mis terrenos para el proyecto que tiene entre manos le será muy beneficiosa.

—Me encanta la idea de hacer un área hotelera en este

precioso valle —contestó la persona con voz de extranjero.

—Incluso, habilitaría una carretera para llegar directamente a ella sin tener que pasar por la entrada usual.

—Sí, ya veo que los caminos están muy malos.

—¡Qué divertido suena todo! —escuchó decir Fernando a su madre.

—Por cierto, señora —preguntó el invitado— ¿dónde está su hijo? Aún no me lo han presentado.

—Por ahí, no lo he visto en todo el día, pero no es de preocuparse.

—Como siempre —murmuró el niño con tristeza.

Tomó un jugo de naranja y se retiró nuevamente al patio. De cualquier manera nadie lo echaría de menos.

## *Capítulo 16*

## *NUEVAS ACTITUDES*

Al día siguiente, Arturo salió temprano de su casa sin que sus padres se dieran cuenta. Fernando y sus amigos ya se encontraban jugando fútbol cuando lo vieron pasar.

—¡Tras él! —gritaron todos.

Sin embargo, en esta ocasión no salió huyendo, sino que se detuvo a esperarlos.

—¿Qué no vas a salir corriendo como siempre, cobarde? —preguntó Fernando riendo.

—No —fue su categórica respuesta.

—¿Ya no nos tienes miedo? —insistió otro de los niños.

—No —volvió a repetir Arturo.

—Te podemos masacrar entre todos —añadió el líder del grupo.

Arturo lo miró a los ojos tranquilamente.

—Estoy esperando que lo hagan —le dijo.

Los otros niños no sabían que hacer.

—Seguramente es una trampa —le susurró uno de ellos a Fernando.

Al ver esa extraña actitud, Fernando habló con sus amigos.

—No le hagan caso, sigamos jugando.

Y así, Arturo se alejó, sabiendo adonde quería ir, pero no cómo llegar. Se internó en los mismos matorrales en dónde se ocultó el día anterior y siguió su caminata dentro de ellos hasta que escuchó la voz de su amiga, la bruja Casilda.

—Estoy muy orgullosa de ti, mi niño pequeño —dijo—, has sabido enfrentar la situación con valentía.

Arturo sonrió.

—Ya no le tengo miedo a Fernando ni a sus amigos.

—Me parece muy bien. Ahora vamos a dar el paseo por el Bosque Escondido que no tuvimos oportunidad de terminar ayer.

Y una vez más, al tomarlo de la mano, se vio en medio de un torbellino de tierra.

***

—¡Vayan más a prisa, inútiles! —gritaba Marquela impaciente—. ¡En tres noches Sinforoso estará acá y no han avanzado nada!

—Si pudiéramos usar la magia, Su Excelencia, ya habríamos terminado —dijo uno de los fornidos brujos.

—¡Pero que estúpidos! Olvidan que no podemos modificar los elementos de la naturaleza con nuestra magia —exclamó molesta—. Continúen su trabajo y no pierdan el tiempo.

—Espero que esta noche la Silampa me traiga mi túnica nueva. Me muero de las ganas de ver cómo quedó —dijo para sí—. Pobre de ese espectro si no ha logrado que los duendes costureros hayan hecho un buen trabajo.

***

Al desvanecerse el torbellino, Arturo y Casilda se encontraban otra vez en el Bosque Escondido.

—¿Pero cómo...? —iba a preguntar el niño.

—Magia —dijo ella con su guiño característico.

—Me gustaría tenerla también.

—La tienes y es especial. Acabas de hacer uso de ella con los otros niños.

El pequeño no comprendió lo que le acaban de decir, pero no preguntó más porque una voz detrás de ellos los interrumpió.

—¡Vaya, vaya! Es mi gorda favorita —exclamó Manrique—. ¿Más niños para el bosque?

—¿Qué haces fuera de la cueva, Manrique? —preguntó molesta Casilda.

—¿Es que acaso no puedo salir a dar un paseo?

Arturo lo miró sorprendido.

—¡Un tigre que habla y camina en dos patas! —dijo.

—Cómo se ve que no has visto nada en la vida —expresó con arrogancia el felino.

—Te aseguro que ha visto más que tú en su corta vida —le señaló la bruja.

—No puedo esperar para hacerle el cuestionario de las mil preguntas.

—Pues te quedarás esperando, ya que Arturo sólo está de visita.

—Me pregunto si será apropiado traer tantos niños al bosque.

—¿Por qué no le preguntas al Regente?

—No quiero importunar a mi padre —respondió molesto.

—Entonces, regresa a tu cueva y no estés molestando.

—¡No me des órdenes! —exclamó Manrique iracundo.

En ese momento un torbellino de polvo lo hizo desaparecer.

—¿Qué se hizo el tigre? —preguntó curioso Arturo.

—La Madre Tierra lo llevó de vuelta a su cueva —

dijo Casilda sonriendo.

Y prosiguieron su paseo por el bosque, donde conocerían a otros habitantes del mismo.

***

La madre de Arturo estaba preocupada, pues era el segundo día que él desaparecía sin dar explicación. Salió a dar una caminata en su búsqueda, mientras pensaba en la actitud de su hijo la noche anterior. Ya estaba poniéndose el sol y su preocupación iba en aumento.

—¿Me estás buscando, Mamá? —escuchó la voz de su hijo detrás de ella.

Sobresaltada, volteó para mirarlo, y ahí estaba sonreído.

—¿Me puedes explicar que estás tratando de hacer? —preguntó sumamente molesta.

—Nada, Mamá. ¿Por qué lo preguntas?

—Es que estás muy extraño y llevas dos días desapareciéndote.

—Pero no entiendo, Mamá, si eres tú la que me dices que salga a jugar.

Nuevamente, se sintió inquieta por la actitud tranquila de su hijo al responderle.

—Vamos a la casa, que ya es hora de cenar —fue lo único que pudo agregar su madre.

***

La noche caía sobre el Bosque Negro y en la sala de su casa, la bruja Marquela impaciente, caminaba de un lado para el otro. En su mente vanidosa se imaginaba vistiendo la nueva túnica que le harían los duendes costureros, pero la Silampa se tardaba en llegar. Se sentó a la mesa y hundió el rostro entre sus manos.

—Su Excelencia —dijo la Silampa sorpresivamente detrás de ella.

Marquela se mantuvo en la misma posición, esperando a que le pasara el susto. Esta vez no le daría el gusto a la Silampa de verla sobresaltada.

—Por fin llegas. ¿Dónde está? Déjame ver como quedó mi túnica —dijo ansiosa.

—Un momento, Su Excelencia. ¡Serimpío! Haz pasar a los duendes.

—Te he dicho que no quiero que esa cosa entre en mi casa.

—¡Oh! Disculpe, Excelencia, ya se lo he dicho, pero se niega a obedecerme, pareciera que entrar a su casa lo hace feliz.

—Bueno, eso no importa ahora. ¿Dónde está mi traje? Quiero verlo de una vez.

En ese momento entraron tres duendes llevando sobre sus pequeños brazos la esperada túnica. La bruja Marquela se acercó a ellos y la levantó para apreciarla mejor. Miró a los duendes y luego a la Silampa.

—¿Se aseguraron que no haya en mi túnica ningún elemento de la naturaleza? —les preguntó.

—Por supuesto, Su Excelencia, está confeccionada en el mejor rayón que pudimos encontrar, pues es lo que más se asemeja a la seda. Además, me cercioré de que fuera exactamente según el modelo que me dio.

—Me la probaré —y con un pase mágico quedó vistiendo una hermosa túnica que, a pesar de no ser de seda, reflejaba la tenue luz de las velas colocadas sobre la mesa, lo que le daba un aspecto misterioso e imponente a la estilizada figura de la bruja.

Se miró al espejo y aún cuando se sentía complacida con la imagen que veía, dijo:

—Bueno, pudieron haberlo hecho mejor, pero no hay tiempo para hacerla de nuevo, así que tendré que usar ésta. Retírense.

Los duendes salieron apresurados, no así la

Silampa que se quedó en la habitación.

—¿Desea algo más, Su Excelencia?

—¡Te dije que te fueras! ¿O no escuchaste?

—Sólo quería tener la seguridad que Su Excelencia no necesitaba nada más.

—Si necesitara algo, seguro te lo pediría.

—Entonces con su permiso, me retiro para ver que está haciendo Serimpío.

—Qué asco —dijo Marquela una vez se retiró la Silampa y escuchó los horribles gruñidos del Chivato, que la hicieron sentir escalofríos.

***

En el área frondosa del Bosque Escondido, las hadas brillaban dándole la bienvenida a la bruja Casilda.

—Hola, chicas —dijo ella—. ¿Dónde está Florabel?

—Aquí estoy, amiga. ¿En qué te puedo servir?

—Necesito que hagas una visita esta noche.

***

Fernando trataba de conciliar el sueño, pero no podía. De pronto, por la ventana de su habitación vio entrar una pequeña luz que le pareció una luciérnaga. Para su sorpresa, la luz empezó a aumentar envolviéndolo completamente, y como en un sueño, se vio caminando fuera de su casa a plena luz del día. Escuchó unas voces.

—¡Ahí está, vamos tras él! —decían.

Una horda de chiquillos con piedras en las manos comenzó a perseguirlo y él asustado, corrió sin rumbo. Tropezó con una raíz y cayó de bruces. Sintió deseos de llorar y en ese momento, otra voz le habló.

—No hagas a otros lo que no quieres que te hagan a ti.

Nuevamente estaba en la penumbra de su habitación, en su cama sudando y tembloroso.

## *Capítulo 17*

# *INESPERADO REENCUENTRO*

El alba apenas despuntaba cuando Fernando salió de su casa. No sabía que lo impulsaba, pero tenía que hablar con Arturo. Para su asombro, lo vio cuando iba a unos matorrales cercanos, en los cuales se internó. Él lo siguió a distancia, hasta que lo escuchó hablando con alguien.

—¡Hola, bruja Casilda! ¿Ya nos vamos para el Bosque Escondido?

—Aún no, falta alguien que también nos acompañará.

—¿Quién?

Levantando la voz, la bruja dijo:

—¡Fernando! No tengas miedo y acércate.

El niño se llenó de terror. Su corazón se aceleró y se disponía a huir cuando Casilda apareció frente a él.

—¿Quién es usted? —preguntó asustado.

—Una amiga, no te preocupes, nos acompañarás a dar un paseo.

—¡No! —exclamó—, seguro que Arturo se quiere vengar de mí. ¡Auxilio!

Pero ya la bruja lo había tomado de la mano y en

un torbellino de polvo fueron transportados a un lugar desconocido para él.

—¿Dónde estoy? —exigió saber sin reparar en la belleza del lugar.

—Tranquilo, mi niño grandullón, estás en el Bosque Escondido.

—¿Cómo me trajo acá? —insistió Fernando.

—Es una bruja —dijo Arturo sonriendo.

—¡Auxilio! Una bruja me ha atrapado. Ya verán cuando mi papá se entere.

Casilda trató de calmarlo.

—¡Papá, papá! —gritaba desesperado.

Un niño rubio de ojos azules se les acercó.

—¿Qué ocurre, Casilda? ¿Por qué tantos gritos?

—Estoy perdido —repetía Fernando.

—Tranquilízate —le dijo Pavel— en este lugar no puedes estar perdido.

—¿Quién eres tú? —preguntó el niño grandullón.

—Alguien que también se extravió y encontró un hogar en este bosque.

Fernando se sentó en el suelo y se cubrió las manos mientras lloraba. No entendía nada de lo ocurrido. En su mente, todo era una venganza de Arturo. Sin embargo, fue Arturo el que lo animó a seguirlos.

—Vamos —le dijo— te va a gustar este lugar.

No le quedó más remedio que acompañarlos en el paseo y al poco rato quedó embelesado por la hermosura de la naturaleza. Al rato todos charlaban animadamente.

—Bruja Casilda —comentó Arturo—, ¿qué es el jardín interior?

—Creo que estás muy pequeño para comprenderlo, pero es donde habita la Magia Especial. ¿Dónde escuchaste sobre él?

—Hace unas noches, mientras una luciérnaga

entraba en mi habitación, escuché una voz que decía: "Ese bosque es tu jardín interior".

—¿Te habló una luciérnaga? —preguntó Fernando.

—Anoche entró una en la mía y me pasó algo raro.

—¡Ay, mis niños, —les dijo la bruja carcajeándose— esas no eran luciérnagas.

En esos momentos, entraron al área frondosa del bosque y vieron centenares de pequeñas luces cobijadas bajo las copas de los árboles.

—Fue un hada quien los visitó —les explicó.

Una de esas luces descendió hasta acercárseles y vieron a una mujer menuda con alas transparentes; sostenía una varita que brillaba.

—Les presento al Hada Florabel, maestra de la Magia Especial.

—Qué gusto verlos de nuevo, mis pequeños —dijo sonriendo.

***

Era cerca del mediodía y los padres de Fernando, como de costumbre, no se habían dado cuenta de su ausencia.

—Esta noche vendrá *Mister* Greed y cerraremos el trato. Seremos millonarios con la venta de esos terrenos —decía regocijado el señor a su esposa.

—¡Qué divertido suena todo! —dijo la señora.

***

La escena anterior la contemplaba la bruja Marquela en su bola de cristal.

—No puedo esperar a ver la cara de Sinforoso cuando vea lo que he logrado, pero ahora veré como van los preparativos para la ceremonia de esta noche.

Cuando llegó al lugar donde trabajaban los brujos vigilantes, se dio cuenta que aún no habían terminado su trono. Llena de ira empezó a gritarles.

—¡Inútiles! Cuando piensan terminar, ¿mañana?

Recuerden que el recibimiento será ésta noche.

—Es que parece que la piedra se resiste, Su Excelencia.

—Los que se resisten a seguir mis órdenes son ustedes. A la hora de la llegada del Regente de las Órdenes Oscuras debe estar todo listo, sino terminarán siendo alimento para el Chivato.

—Como usted ordene, Su Excelencia —y apresuraron el trabajo con el temor reflejado en sus caras.

—Mejor iré a arreglarme el cabello para esta noche —se dijo, y regresó al caserón.

***

Fernando regresaba a su casa con una extraña sensación por dentro. De pronto, amaba la naturaleza, había descubierto la belleza en ella. Ya era casi de noche y su padre lo esperaba en la puerta.

—Ya era hora que llegaras. ¿Olvidaste que tenemos una cena importante?

—Papá, si supieras lo que... —empezó a decir.

—Ahora no, hijo, vete a bañar. *Mister* Greed llegará en un rato y quiero que vea a la familia impecable.

—Pero, Papá ...

—¡Cállate y obedéceme!

***

El desorden reinaba por doquier. Todos corrían de un lado a otro tratando de terminar sus respectivas tareas para la ceremonia de recibimiento planeada por Marquela para la llegada de Sinforoso. Mientras tanto, la bella bruja se miraba una y otra vez en el espejo, ensayando peinados para encontrar el más apropiado para la túnica que usaría por la noche.

—Su Excelencia —dijo la Silampa interrumpiéndola.

—¿Qué quieres? No ves que estoy muy ocupada.

—Creo que debería ir al área del recibimiento, Su Excelencia.

—¿Para qué te tengo a ti?

—Para informar lo que va mal, Su Excelencia.

—¿Mal? ¿No me digas que esos inútiles vigilantes no han terminado aún?

—Mejor que lo vaya a ver con sus propios ojos, Su Excelencia.

Marquela se dirigió enfurecida al lugar y al llegar, contempló el caos que reinaba.

—¿Es que acaso lo tengo que hacer todo yo misma? No puedo confiar en que los demás hagan su trabajo correctamente y a tiempo —gritó desaforada.

—Esto era lo que le quería advertir, Su Excelencia.

—¡La culpa es tuya, Silampa! Insípida aparición, inútil. Debiste vigilar que todo estuviera listo antes. Pronto llegará Sinforoso y mira este desorden.

—Recuerde, Su Excelencia, sólo trabajo de noche.

—Excusas es lo que sabes dar. Tendré que buscarme un asistente que sirva y no le tema a la luz del día.

Marquela siguió gritando toda clase de insultos, mientras la Silampa cabizbaja guardaba silencio y señalaba algo detrás de la bruja.

—¿Qué es lo que te pasa ahora, aprendiz de espectro?

—Creo que te está avisando que he llegado, mi bella bruja —dijo Sinforoso con tono molesto.

Marquela volteó muda de la impresión.

—¿Me puedes explicar que significa todo este desorden?

La bruja lo miró aterrada sin poder hablar.

—Espero que no me vayas a decir que se trata de otra de tus ceremonias.

—Es para su recibimiento, Su Excelencia —dijo la Silampa tratando de justificar a su jefa, la cual únicamente se cubrió el rostro con vergüenza.

—Que pena. Veo que no has aprendido la lección, mi bella bruja.

***

Fernando se mantuvo callado en la cena que su padre le había ofrecido a *Mister* Greed.

—Tiene un hijo muy callado —dijo el invitado.

—Es cierto, hijo, no has dicho una palabra en toda la noche —agregó su padre.

—¡Qué divertido suena eso! —escuchó decir Fernando a su madre.

—No quiero que construyan esos hoteles, Papá. Muchos animalitos morirían.

—No podemos detener el progreso. ¿No es así, *Mister* Greed?

—Así es, señor Montenegro. Brindemos por eso.

—¡Qué divertido suena eso! —repitió la señora.

—Y desde cuando te preocupas por esas cosas, hijo —preguntó su padre con curiosidad.

—Eso es lo que trataba de decirte cuando llegué. Conocí una señora que me llevó a un bosque escondido y aprendí que los bosques también tienen vida.

—No digas tonterías, Fernando. Me avergüenzas ante nuestro invitado —le regañó su padre.

El niño se levantó de la mesa.

—¿A dónde crees que vas?

—A buscar a esa señora para que me creas —y salió corriendo fuera de la casa.

—Disculpe, *Mister* Greed, mi esposa lo atenderá mientras voy por mi hijo —dijo el señor Montenegro.

Una vez afuera, vio a Fernando adentrándose en unos matorrales.

—¿Dónde crees que vas? —le increpó.

El pequeño parecía no escucharlo.

—¡Bruja Casilda, bruja Casilda! —repetía.

Su padre iba tras él, cuando vio con asombro como su hijo era tragado por un remolino de tierra.

De pronto la situación le pareció familiar, pero no sabía porqué.

—¡Fernando, Fernando, hijo! —comenzó a gritar desesperado.

—No te preocupes, Pedro, está en buenas manos —escuchó la voz de un niño a sus espaldas.

Al voltearse casi se desmaya.

—Debo estar soñando. ¿Eres tú, Pavel?

# Capítulo 18

## LA GRAN CONFRONTACIÓN

En casa de la bruja Casilda reinaba la expectativa; en el portal, frente a la bola de cristal, estaban sentados Arturo, Fernando, Rencifo, Yasmina, Sonsoles, Constanza y ella.

—¿Cómo es que mi papá conoce a Pavel? —preguntó Fernando asombrado.

—Es una larga historia —contestó Casilda, y le resumió lo que había acontecido treinta años atrás.

El niño se sintió avergonzado, ahora veía el alcance de los daños que podían causar por el simple gusto de hacer sufrir a otros. No quiso seguir mirando y se apartó a un lado, cuando sintió la voz del Tigre Manrique.

—¡Vaya, vaya! ¿Qué tenemos acá, Casilda? Una fiesta y no eres capaz de invitarme; eso si que me duele —dijo Manrique, llevando sus garras al corazón, a manera de burla.

—Haz silencio, Manrique—le reprendió el Regente — un acontecimiento importante está por ocurrir.

—Perdón papá Rencifo, no te había visto, sabes

que me gusta hacer bromas —su expresión cambió totalmente al advertir la presencia del Jefe de los Brujos, y se unió al grupo para ver lo que ocurría en la bola de cristal.

***

Entre los matorrales, Pedro se había sentado sobre una roca y miraba fijamente a Pavel, pues no podía creerlo. Seguía pensando que era un sueño.

—Soy yo, Pedro, en realidad soy yo, no estás soñando —le dijo con una sonrisa.

—¿Qué eres? ¿Un fantasma o una aparición?

—Mejor que eso, me convertiré en un ser mágico en poco tiempo, y sólo me podrán ver los puros de corazón.

—No entiendo nada de lo que dices —sollozó Pedro, quien volvió a sentirse chiquillo.

—Fui rescatado por guardianes de la Madre Tierra, y he vivido en su mundo todos estos años.

—Pero eres un niño todavía.

—Claro, en ese lugar el tiempo transcurre de manera diferente.

—¿Vienes a vengarte? —preguntó alarmado Pedro.

—De ninguna manera, si al final me hiciste un favor, por eso vengo a devolvértelo.

—Sigo sin entender.

Pavel sonrió. Lo miró a los ojos y le dijo con su suave voz, sin aquel acento que tanto recordaba su interlocutor.

—Recuerdas que fuiste raptado por los duendes y llevado a un lugar donde te hicieron lo que eres hoy, un hombre que sólo busca dinero a costa de lo que sea y para quien la naturaleza no tiene ningún valor.

—¡No recuerdo nada! —empezó a llorar.

Pavel puso su mano sobre la cabeza de Pedro, y entonces Pedro recordó los hechos olvidados de su infancia: su encuentro en el bosque con otro niño rubio; su llegada a un caserón donde lo recibió una bella mujer vestida de negro; el terror que sintió cuando ella le colocó un bastón sobre su cabeza, mientras repetía unas palabras en una lengua que no entendía.

—Te llenaron de Conjuros de Codicia —le explicó Pavel.

Pedro volvió a experimentar el miedo que sintió en aquel entonces. Se volvió a sentir indefenso. Pavel se le acercó y le susurró al oído.

—Ama la naturaleza, pues en su destrucción está la destrucción de la humanidad —y dicho esto, salió corriendo tal como lo hiciera su hijo hasta desaparecer en un remolino de polvo.

Pedro Montenegro empezó a sentir que todo le daba vueltas y perdió el conocimiento.

***

Los gritos de Sinforoso se escuchaban por todo el Bosque Negro. Marquela estaba arrinconada contra la pared aterrada, con la Silampa a su lado tratando de protegerla.

—¡Bruja inepta! —repetía una y otra vez— ¿Era eso lo que querías que viera? ¿Esa era la magna obra que según tú, iba a destruir El Valle?

—Sinforoso yo...

— ¡Cállate! Ahora sí estoy convencido que eres una aprendiz. He de tomar una decisión sobre ti. Sabrás de mí en unos días.

—Pero Sinforoso...

No pudo concluir la frase porque el brujo se había esfumado. La regente de las Órdenes Negras se llenó de ira. Volvió a mirar la bola de cristal y en ella estaba en todo su esplendor el ahora conocido como El Valle de Antón.

—¡Estúpida Madre Tierra! ¡Yo misma te destruiré, Valle Prohibido! —exclamó y corrió fuera del caserón.

La brisa de El Valle se empezó a tornar más fuerte,

casi como un huracán y en la cima del Cerro El Gaital apareció la bruja Marquela empuñando su bastón en alto.

—¡Valle Prohibido, ahora recibirás tu merecido, y la Madre Tierra no podrá contra mi poder!

***

En la casa de Casilda todos miraban desconcertados lo que mostraba la bola de cristal.

—Es ella, Su Excelencia, ¡Marquela! —la reconoció Yasmina.

—¡Sálvese quien pueda! —exclamó cobardemente el Tigre Manrique, mientras huía a esconderse en su cueva.

—Excelencia, —intervino Constanza— pido su permiso para enfrentar a esa calamidad.

—No, mi valiente muchacha —dijo Rencifo, mientras cerraba los ojos por unos instantes—, este encuentro lo he esperado por varios siglos. Como Regente del Bosque Escondido, soy el único que debe enfrentarla.

***

Marquela se mantenía firme en la cima del cerro mientras arreciaba el viento, moviendo con furia su cabellera y su túnica.

—¡No te temo, Madre Tierra! —exclamó con los ojos llenos de ira—. ¡Hoy destruiré este valle y nadie podrá impedirlo!

Frente a ella se formó un torbellino del que surgió, con aspecto severo, el Regente Rencifo, sosteniendo también en alto su bastón blanco.

—¿Ya olvidaste cuando una vez te dije que tu poder es ínfimo comparado con el de la Madre Tierra? —dijo con voz autoritaria.

—Eso está por verse, aprendiz de brujo —contestó altanera.

A una distancia prudencial, ocultos entre los matorrales, estaban Casilda, Sonsoles, Yasmina,

Constanza y los niños, presenciando el enfrentamiento.

—A través de mí te lo demostrará —replicó Rencifo.

—No me hagas reír, anciano decrépito, y observa esta muestra de mi poder.

Del bastón de la bruja surgió un rayo oscuro que derribó un grupo de árboles cercanos reduciéndolos a cenizas.

—La Madre Tierra me habla. Me dice que lo que le has hecho no es más que un pequeño rasguño. Ya verás lo que te tiene preparado —habló solemnemente el Regente.

—Pues veamos de que se trata - respondió desafiante.

Levantó nuevamente su báculo al tiempo que Rencifo lo hacía.

—Aire, Agua, Fuego y Tierra, soy vuestro instrumento, actúen —resonó la voz del brujo en todo el valle.

El cielo se cubrió de espesas nubes relampagueantes. El viento seguía arreciando cada vez más en torno a Marquela. Se desató una pertinaz lluvia. Marquela, empapada de pies a cabeza, luchaba por mantenerse en pie. Sin embargo, esto no parecía atemorizarla.

—¿Crees que con una tormenta podrás acabar conmigo? —dijo entre carcajadas.

La Tierra tembló con furia bajo sus pies haciéndola tambalear y una enorme grieta se abrió frente a ella de la que brotó lava y fuego.

—Serás alimento para la Naturaleza igual que lo fue Badgeist —afirmó Rencifo.

—¡Eso nunca!

Rencifo elevó aun más su bastón cerrando los ojos, y en voz alta dijo unas palabras en una lengua incomprensible.

De la grieta surgió un torbellino de fuego que envolvió a Marquela, incendiándole su bastón. Ella comenzó a desesperarse al verse desarmada, y se puso a gritar al sentir que su túnica ardía.

—Haz ofendido a la Madre Tierra —concluyó el Regente—, ahora pagarás por ello.

—¡Sinfooooorosoooooo! —gritó Marquela sintiendo cerca su final y entre lágrimas exteriorizó su terror por primera vez, cuando de repente escuchó la voz de su jefe que le susurraba al oído.

—Mi bella bruja, aunque no merezcas mi ayuda, no puedo permitir que te hagan daño.

Quienes estaban ocultos entre los matorrales, vieron que no había rastros de la bruja Marquela cuando se cerró la grieta y extinguió el torbellino de fuego. Luego cesaron los relámpagos y el cielo se despejó. Rencifo estaba arrodillado con muestras de visible agotamiento.

—Su Excelencia —gritó Casilda, corriendo hacia él, seguida por los demás.

—¿Rencifo, estás bien? —indagó Yasmina preocupada, ayudándolo a levantarse.

—¿Qué pasó con la bruja mala? —preguntó Arturo a Constanza.

—Ahora eso no importa. El Regente necesita nuestra ayuda.

Ya de pie, el Gran Jefe trató de calmarlos.

—Han sido testigos de que el poder de la Madre Tierra, el mismo que nos protege, es implacable a la hora de defenderse contra quienes le hacen daño.

—Rencifo, solo dinos que estás bien —insistió la genio.

—Estoy bien, regresemos a nuestro hogar.

Momentos después todos se retiraron menos Casilda quien se quedó en el lugar meditando lo ocurrido. Una voz interrumpió sus pensamientos.

—Espero que ahora que esa bruja mala no esté, las personas cambien el concepto que tienen de mí —escuchó que le decía la Tulivieja.

—¡Amiga, qué sorpresa!

—Lo he visto todo. Ha sido una gran victoria para ustedes.

—Sólo el tiempo lo dirá —dijo Casilda con cara de escepticismo.

La Tulivieja volteó su mirada a El Valle de Antón, con tristeza recordó cuando ella era una habitante más de ese lugar.

—¿Qué será de mí, Casilda?

—No lo sé, Tulia. Eso depende del destino. Aprendiste de mala manera que no debemos intervenir abiertamente en sus designios. Pero te propongo algo, te presentaré a la mayor cantidad de niños posibles para que ellos sean los que rompan esa leyenda que creó Marquela sobre ti.

***

En el Bosque Negro, a través de la bola de cristal de Marquela, la Silampa y el Chivato habían sido espectadores de lo ocurrido en el Cerro El Gaital.

—Sé cómo te sientes Serimpío —dijo la Silampa—. Yo también la apreciaba, a pesar de ser tan obstinada. El Chivato emitió un triste gruñido.

—Sí, ya lo sé, siempre le agradecerás que te haya liberado de tu antiguo amo Badgeist. Lástima que nunca sabrá de ese favor que te hizo.

***

A la mañana siguiente, Pedro Montenegro se despertó en su cama, con el sueño que había tenido la noche anterior aun fresco en la memoria. Luego de tantos años el recuerdo de Pavel había vuelto, y también lo perverso que había sido él al abandonarlo en el bosque. Era curioso, pero por primera vez en su vida sentía remordimientos. Muchas imágenes desfilaron por su cabeza la noche anterior, incluso parte de esa pesadilla recurrente que lo raptaban los duendes. Pero lo más extraño era esa frase que aun resonaba en su cabeza: "Ama la naturaleza, pues en su destrucción está la destrucción de la humanidad".

Su esposa entró a la habitación tranquilamente, pues para ella la noche anterior había transcurrido sin novedad.

—He tomado varias decisiones, querida —dijo él, incorporándose.

—Qué divertido me suena todo eso —fue el único comentario de su esposa.

# EPÍLOGO

Cuando ya concluía mi relato al niño pequeño, el sol empezaba a ocultarse tras las montañas.

—Que bueno que el papá de Fernando decidiera hacer un santuario para animales en los terrenos de su familia en vez de venderlos —dijo Arturo.

—Así es, mi niño pequeño.

—¿Y por qué no mandan al tigre Manrique para allá?

—Porque el Regente lo quiere como un hijo, a pesar de todo.

En verdad, era increíble como el brujo Rencifo había perdonado a ese felino luego de haberse escondido durante su enfrentamiento con Marquela, y lo seguía manteniendo en la Cueva de las Mil Preguntas.

—¿Y falta mucho para que Pavel se convierta en duende? —continuó el pequeño con su interrogatorio.

—No, el Regente Karkoff me comunicó que esto ocurrirá durante la próxima luna llena.

—¡Voy a ser amigo de un duende! —dijo y brincó entusiasmado.

Nuevamente guardé silencio. No sabía cómo decirle que su contacto con nosotros se interrumpiría esta misma noche. Afortunadamente él seguía haciendo más preguntas.

—¿Casilda, está muy enfermo el Regente Rencifo?

—No, quedó debilitado después del enfrentamiento con Marquela, porque regaló parte de su energía a la Madre Tierra para que ésta pudiera defenderse.

—¿Por eso dicen que Constanza será la nueva Regente del Bosque Escondido?

—No lo digas muy alto, mi niño pequeño, que todavía pasarán algunos años antes que eso ocurra.

El niño empezó a reírse.

—¿Ahora qué te hace tanta gracia? —le pregunté curiosa.

—Es que me he acordado de la vez que Constanza nos presentó a la Tulivieja y del susto que nos dio. ¿Sabes que nadie me cree cuando les digo que ella no es mala?

—Algún día será perdonada y mi amiga regresará con nosotros —dije con tristeza.

—Menos mal que el Regente acabó con la bruja Marquela, pues ella inventó la historia de que la Tulivieja era mala.

No quise contestar nada. Al igual que los otros presentes aquella noche, tenía mis dudas sobre lo que realmente ocurrió, pues alcanzamos a ver un torbellino gris justo antes de que ella desapareciera.

—¿Por qué te quedas callada, bruja? —me preguntó súbitamente.

Aparecían las primeras estrellas y sabía que no podía aplazar más el momento, así que se lo dije.

—Mi niño pequeño, se acaba el día y es hora de que regreses a casa.

—Sí, bruja Casilda, nos veremos en tres semanas.

—Lamentablemente, no será así, mi niño pequeño. En estos dos años, has disfrutado de la magia especial que regala la Madre Tierra. Ahora te toca poner en práctica lo aprendido.

—¿Qué quieres decir?

—Estás por dar el paso de niño pequeño a niño grande, entonces seremos simples sujetos de tu imaginación. Sólo espero que guardes dentro de ti las lecciones de amor a la naturaleza que aprendiste con nosotros.

—Qué me quieres decir, bruja, ¿Ya no te veré más?

—Te prometo visitarte en sueños, y quien sabe, si algún día nos volvamos a encontrar —le dije con un guiño y le di un beso en la frente mientras veía correr lágrimas por sus mejillas.

En ese momento lo abracé y un torbellino nos envolvió, llevándonos al patio trasero de su casa. Con una gran tristeza en mi corazón, lo vi alejarse con una sonrisa en sus labios. Ya habíamos dejado de ser algo real para él, más no él para mí, pues sabía que algún día volveríamos a estar cara a cara... pero bueno, esa es otra historia.

## Temas para reflexionar

1. ¿Quién es Manrique?
2. ¿Por qué eran los niños los únicos en poder ver a las Órdenes Mágicas?
3. ¿Quién es Arkom?
4. ¿Cuál es el significado de la palabra *murie*?
5. ¿Quién es Casilda?
6. ¿Debería ser juzgada Tulia? ¿Sí o No? ¿Por qué?
7. ¿Quién es Sonsoles?
8. ¿Cuál es la condena de la Tulivieja? ¿Cree que sea justa? ¿Por qué? ¿Conoces alguna otra versión de la historia de la Tulivieja? ¿A caso tiene ella otro nombre?
9. ¿Quién es Badgeist?
10. ¿A quién tiene que atrapar Marquela? ¿Por qué?
11. ¿Quién es la Niña Dorada?
12. ¿Qué se celebra en la Fiesta de los Arbustos de la Amistad?
13. ¿Quién es Florabel?
14. Describe el Palacio del Arco Iris.
15. ¿Quién es Rencifo?
16. ¿Por qué los niños con corazón puro son los únicos que pueden aprender la Magia Especial?
17. ¿Quién es Yasmina?
18. ¿Para quién trabaja Fangdottir?
19. ¿Quién es Marquela?
20. ¿Qué es la Rueda del Futuro?
21. ¿Cuál es el otro nombre para el Mar del Sur?

22. ¿Quién es Sinforoso?
23. ¿Cómo eliminan a Badgeist?
24. ¿Quién es Memón?
25 ¿Cómo se llama el nuevo hogar de los antiguos habitantes del Valle Prohibido?
26. ¿Quiénes son Marina y Dorita?
27. ¿Por qué razón Manrique no se lleva con la mayoría de los habitantes del Bosque Escondido?
28. ¿De qué consiste la prueba de la Cueva de las Mil Preguntas?
29. ¿Cómo llega Pavel al nuevo mundo?
30. ¿Quién es Zeledonia?
31. ¿Por qué llora Arturo?
32. ¿Quién es Fernando?
33. ¿Por qué es importante enfrentar el miedo?
34. ¿Por qué Fernando va a buscar a Arturo?
35. ¿Cómo es tu jardín interior?
36. ¿Quién es Pedro?
37. ¿Cuál es el mensaje que le da Pavel a Pedro?
38. ¿Quién es la Silampa?
39. ¿Cuál es el buen gesto realizado por Marquela hacia el Chivato?
40. ¿Crees tú que la Madre Naturaleza es más fuerte que la codicia?
41. ¿Por qué el Regente Rencifo perdona a Manrique?
42. ¿Cómo puedes usar tu Magia Especial para salvar al planeta y sus animales?

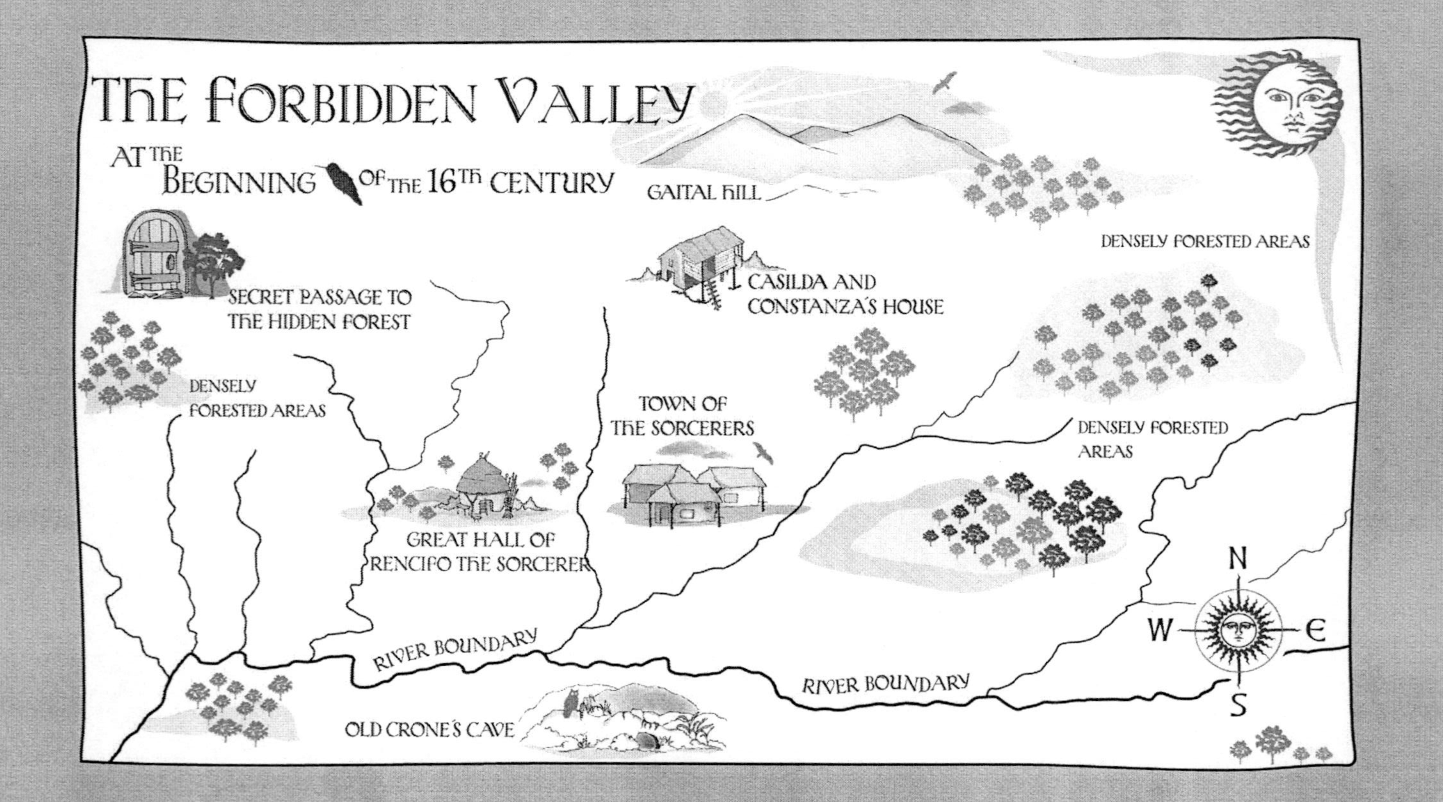
THE FORBIDDEN VALLEY
AT THE BEGINNING OF THE 16TH CENTURY
GAITAL HILL
DENSELY FORESTED AREAS
SECRET PASSAGE TO THE HIDDEN FOREST
CASILDA AND CONSTANZA'S HOUSE
DENSELY FORESTED AREAS
TOWN OF THE SORCERERS
DENSELY FORESTED AREAS
GREAT HALL OF RENCIFO THE SORCERER
N
W
E
S
RIVER BOUNDARY
RIVER BOUNDARY
OLD CRONE'S CAVE

# The Forbidden Valley

# PROLOGUE

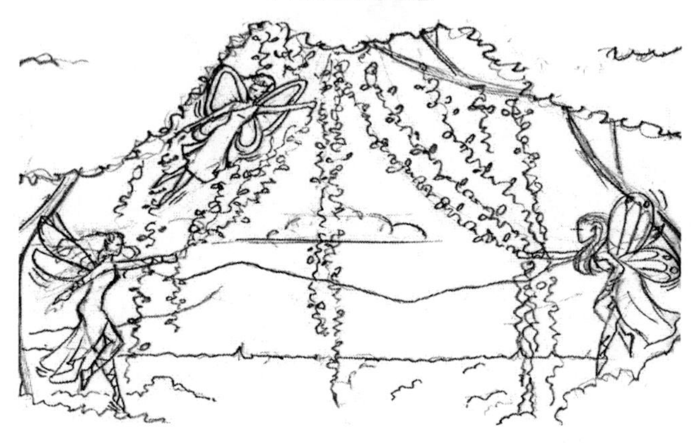

Goodbyes aren't easy and from the many years I have lived, I knew that this wouldn't be an exception. Like every morning that summer, my dearest child was waiting for me in front of the stream that divides the border of the Hidden Forest. Two years had passed since that day when I rescued him from the cruelty of those other boys. His shyness had disappeared, but his curiosity to know everything remained. This trait reminded me a lot of my sister Constanza when she was his age. I approached him slowly from behind and touched his shoulder. This startled him.

"Casilda the Sorceress!" he said with a smile.

"My dear boy, today's your last day of vacation."

"Yes, that's why I came to say goodbye," he said sadly, "but we'll see each other again when I return."

What do you tell a child whose world full of fantasy is about to come to an end?

"Why aren't you saying anything?"

"It's nothing, my dear, I was just remembering..."

"What?"

"Just other boys and girls like you whom I've met during my long life on Mother Earth."

"How old are you, Sorceress?" he asked with a sly smile.

"How old is Mother Earth?" was all I could answer.

He opened his mouth to say something like 'You're THAT old?,' but he refrained.

"My sister stayed at home, but she sent you this," he said as he handed me some rag dolls. One was supposed to be Constanza, and the other one looked like me. "She says that they are to remember her by while she's in the city."

I smiled and recalled that hyper child.

"My parents say that we're coming back within three weeks, but you can come visit us in our back yard like you did other times."

I shed a tear.

"What's wrong, Sorceress? You're not your usual happy self. Is the forest in danger again?"

His idea caught my attention for a second.

"No, my child, but when it is, you'll be the first to know."

He waited for my answer, but I could only manage to say, "Come. Let's take a stroll in the Hidden Forest."

We went in. I was still amazed that out of all the children who visited our home, he was the only one who knew his way around, the only one who knew the secret path. Unfortunately, in a little while this would soon be erased from his memory.

"Sorceress, remember a long time ago you promised to tell me the history behind the Hidden Forest?"

"Of course, my dear, I'll tell you today so that it can be engraved in your heart."

"Manrique the tiger says that he is the only one who knows the story in its entirety."

"Manrique is frowned upon in these parts. He claims to know it, but I have lived it."

Just like your sister Constanza and Rencifo the Sorcerer, right?"

"Yes."

"Please tell me. I want to know everything about you, Rencifo the Sorcerer, Constanza, Manrique the tiger, Karkoff the Elf, Marquela the Sorceress... everyone."

"My dear child," I said enthusiastically, "when I'm finished, it'll be nighttime."

"I have all day," he replied. "My parents think that I'm at Fernando's house."

"But he and his family returned to the city already. Why have you lied to them?" I scolded him.

"Well, didn't I lie all those times I said I was doing something else instead of saying that I was with you?"

He had a point.

"Okay, my dear, I'll keep my promise. I'll tell you the story of this place."

## Chapter 1

## THE BEGINNING OF TIME

A big tiger was reading ancient texts inside a cave lit only by torches. He walked upright on his hind legs like humans do and he had the gift of speech. Footsteps interrupted his concentration.

"Who dares interrupt Manrique the Great's reading?" he said arrogantly. Once he saw who it was, his attitude humbled.

"Oh! It's you, Grand Rencifo. I hadn't seen you."

An old man in a white tunic stood before him.

"Manrique, you know I love you like a son. I admire your intelligence and that's why I gave you such an important position. I hope that you will understand what I'm going to ask of you."

"In me you have more than a son; you have your most humble servant." The tiger smiled showing his large fangs.

"Many complain about your arrogance, your airs of greatness, son. I haven't taught you to be that way."

The tiger covered his face with his paws as if he were going to cry.

"I'm sure that the forest fairies were the ones who started the gossip. They're always spying on me. That's why I hate them so."

"Calm down, please." said the old man. "Remember that within a few years the Witch Council of Light will elect my successor and then there will be no one to protect you."

"You're right, Grand Rencifo. I know I'm not easy to get along with, but I'll try to correct it." Manrique explained as he regained his composure.

"I only ask that you think through what I've just told you."

"Don't worry. I will."

"I see that you're still studying. I think you know our history better than we do," Rencifo said as he changed the subject, smiling with pride.

"I want to be the good son," concluded the tiger.

"Well, I'll leave you to your studies," Rencifo said and left.

"And as your son I'll be your successor," said Manrique with a big smile when he was alone. "Now let's see what this text says,

> *In the beginning there was nothing, only the Sacred Home of the Great Creator, surrounded by an empty vacuum. It was then when He, in his mind, thought up a magnificent plan. He created the sky and with a big clap of thunder, He made the stars, planets, sun and moon appear and lastly, His most prized creation ... Mother Earth.*
>
> *Once this first stage was done, he decided to bring forth life to some magical creatures who would obey His commands and who were grouped in Orders.'Their Creator granted them*

*powers so they could protect His masterpiece. As they wandered through Mother Earth, they witnessed how the forests, rivers, oceans, mountains and valleys were formed; where more basic life forms came from, and through the passing of millions of years they evolved until they became the animals we know today.*

*It was then when the Great Creator decided to give life to two new beings, man and woman. He placed them on Earth and gathering the Orders He said:*

*'Here before you is my latest creation. Just like you, they are given the gift of intelligence, but they are not blessed with immortality, nor do they have the power to perform miracles. They will be able to reside in the Sacred Home only when their earthly days are over. However, to compensate this I have given them free will. They have the right to choose between good and evil, as they appear throughout their lives.'*

*The Orders listened carefully.*

*'To you I command the following: Look after them as they populate the earth. You must not allow those who are not pure in heart and innocent to be aware of our presence. You must not intervene in their decisions, however, you can, in a subtle way, show them the right path through signs.'*

*Then He spoke directly to Arkom, the most powerful of the magical beings.*

*'I must go back to the Sacred Home, so I name you Absolute Monarch of the Orders. Under your rule they will inform you about the relationship between my latest creation and*

*Mother Earth. At the end of time I will come back to evaluate your work, and I will then know what humanity has done with its free will.' And with these words he retired.*

***

*Little by little humanity multiplied itself and the Orders retreated to the different cardinal points. They inhabited the forests and jungles. Here still in their innocent form men and women could see and speak to them. In each part of the world they gave them different names: fairies, angels, genies, gnomes, leprechauns, and sorceresses; they even considered them gods ... something that didn't sit well with them.*

*Mother Earth began to change and the continents were formed as we know them today. The Orders also reorganized themselves in the same fashion. Those in charge of America wore white tunics; those in Europe wore green; those in Oceania wore violet. The genies wore red and occupied Asia and the Near East. Africa was placed in the hands of the Orders that preferred to adopt the shape of natural elements instead of looking like humans.*

*In the beginning, the inhabitants of Mother Earth lived in harmony with Her. Unfortunately, as time passed, greed and other negative feelings began to take over humanity. Another force was driving them to destroy and lose their innocence. The Orders became invisible and could only be seen by children.*

*The reason for this change was that new Orders were being formed. These were traitors who wanted to have free will like humans. Their leader was Badgeist, who took refuge in a remote cave deep inside Mother Earth. His followers, whose mission was to destroy the forests and jungles and nurture the desert, dressed in black robes. This is why they were called 'Dark Orders.' They could be seen by humans, who were unaware that they were victims of greed. That is how the battle between both parties began: the first to protect Mother Earth and the second, to destroy Her.*

*Centuries went by and the Dark Orders grew stronger, but the Orders of Light perfected their ways to defend Mother Earth, which would be their final destination according to the Oracles. And that's how humanity evolved, between two forces pulling them like a pendulum, guided by two entities with totally different purposes."*

As he finished reading, Manrique headed to the entrance of his cave and saw Casilda the Sorceress strolling beside a boy he knew well, and from what he could catch from the conversation, she was telling him the history of the forest.

"Fat witch, one day we'll even out our scores," he murmured. Ever since she had called him a coward for that incident he would rather forget, he felt that he had lost respect from all the inhabitants of the Hidden Forest. The only one who had not changed with him was his adoptive father, and he would take advantage of that situation until the very end.

# *Chapter 2*

## *THE RAINBOW DREAM*

The moon rose behind the mountains, its beam filtered through the impressive Rainbow Palace. Arkom, the Great King of the Magical Beings, paced impatiently within the Grand Hall. As the first star appeared in the sky, his straight blond hair began to darken until it turned black. His large, expressive eyes transformed themselves into ones of mongoloid ancestry, and his stature reduced. That was his destiny ordered by Mother Earth: as the leader of all Magical Entities who have inhabited this planet, it was necessary that each day he change his physical appearance and acquire the appearance of each one of the races that inhabit the planet. After his transformation Arkom looked in the mirror and smiled. He never knew what he would turn into after the first star of the night appeared in the sky. Then he remembered the business at hand which worried him, and he continued pacing in the Great Hall as if he were waiting for something. A voice interrupted his thoughts.

"Your Majesty," said a plump woman, "the latest confirmation just arrived."

Arkom breathed a sigh of relief.

"That's good news," he said smiling with satisfaction.

After thousands of years the Magical Beings reunited in the First Rainbow Council. They had struggled greatly to get to that point, but the effort was necessary for Mother Earth rearranged the shapes of the continents, and some groups lost contact with the others, but a series of happy coincidences allowed all the Orders to reunite.

Arkom stepped out onto the balcony and looked on the horizon. He could almost imagine the legions of forest fairies, elves, genies, gnomes, all together sharing their experiences as to where humanity was headed in terms of the planet. That was important to write down in the castle's log books. He reviewed the different eras based upon how humanity tracked time. It was the year 1542 of the Christian Calendar, 5302 of the Hebrew Calendar, 949 of the Islamic Calendar, and 39, Year of the Tiger, of the Chinese Calendar. The date was already chosen for the Great Event.

***

The caravels hoisted their sails toward the New World, leaving behind the European territories. Everything was one big promise of lands and riches awaiting the immigrants' arrival. The great vessel bustled with activity and enthusiasm. Many men, some accompanied by their wives, headed to that new Eden bathed in gold, discovered decades before.

A little boy grabbed onto his mother's skirt.

"Mother, who's that lady standing there on the boat?" he asked pointing to a woman standing at the bow. She was dressed in green and carried a wand in her hand.

The mother looked toward where the child was pointing.

"Good grief, Vasco! There is nothing, not a soul. You'll never hear the end of it from your father if you keep making up stories."

*It's his innocence that allows him to see me,* Sonsoles thought sheepishly as she listened amused.

The child was the only one who was aware of her presence; a plump small woman, with rosy cheeks, blonde hair and deep blue eyes.

Just like for the men and women, it was a great adventure for her too. Once the news of new lands beyond the scary ocean spread in the Iberian Peninsula, the Reigning Zeledonia of the Cantabrian Forest put her in charge of finding the magical beings they had lost contact with thousands of years before.

***

Casilda the Sorceress was inside her wooden house, along with a little girl who played with a crystal ball. They both had olive skin and black hair. Casilda had her hair pinned up and was dressed in a white robe that revealed some plumpness. The girl seemed to be about 10 years old, with thin, long hair. She had been put under Casilda's care after she had gotten lost in the forest and was found by the Beings of Light who protected her. Because of the little girl's great aura of virtues, she was classified as a magical being. All her family had died during the battle among the native tribes who lived in the area hundreds of years before. For this reason Casilda adopted her as her younger sister. Her name was Mankule, but she was rebaptized Constancia, to later be shortened to Constanza.

Casilda felt restless, as did the other invisible beings that lived within the hidden valley. She was aware that a great event would be impacting everyone's destiny. Even though some of the natives sensed her presence, especially the children, life remained calm hidden in that valley. The locals considered the valley sacred and didn't dare enter. They called it "The Valley of the Murie" or simply "The Forbidden Valley."

"Casilda," said Constanza with surprise, jolting her sister out of her thoughts, "I'm seeing images."

"You are?" Casilda asked with enthusiasm.

"Yes, I see a woman with very white skin, dressed in a green robe. She's traveling over water in a great vessel made of wood and no one sees her."

Casilda's eyes widened in awe; she remembered what the Great Oracle Pit had announced:

> *Your world will be turned upside down. During the beginning of the next lunar cycle, an emissary will arrive. This great continent will no longer be isolated from the other. The reunion will come to pass. The Wheel of the Future can no longer be stopped.*

In other words, there will be significant changes after centuries of relative calmness. She hadn't come out of one surprise to be shocked by another. The wee one had finally become one of them!

"I'm proud of you, magical girl. The Great Oracle didn't lie when it said that you would be the first Golden Child."

Constanza couldn't hide a smile full of pride. She had already erased from her mind the tragic event of losing her family, and what remained was a life among magical beings that she had seen from an early age and who the Great Chief Paris had always talked about.

"Wait until I return," continued Casilda as she headed toward the entrance of the small house. "Rencifo the Sorcerer should hear this."

Casilda crossed the small patio and through the entryway that led to a rocky path that later split into three. She took the left one. As she hurried along, a humming bird flew by.

"Hello, Casilda," said the bird.

"I'm in a hurry, Paquin," she answered and winked at him so that she wouldn't sound rude.

The small bird kept flapping around her.

"I have something very important to tell you," insisted the hummingbird.

The sorceress stopped abruptly.

"What's wrong, little bird?" she asked, curious.

"My friend from the outside world told me something amazing," and he told her the message.

Casilda listened in awe, wide-eyed and silent. The changes were beginning in a drastic way and now she had more news to tell Rencifo the Sorcerer, Head of the Forbidden Valley Community.

"Thank you, Paquin. That information will be of interest to the Chief."

"You're welcome," answered the bird. "If you need anything, I'm always here."

Casilda smiled as the small bird flew away.

At the end of the path she found a wooden board with a series of carved images that changed as the magical beings entered or left the small villa. From that point on there was a row of small houses and a bigger one at the end. From one house, a man emerged. He was robust like Casilda. He approached her to speak.

"Good thing I caught you, Kechila," said the man.

"I'm not called that anymore. Remember it's

Casilda now," she corrected him.

Her fellow Sorcerer rolled his eyes as if bored.

"What's up with the Great Oracle to change our names now after centuries?"

"To adapt to the new times that are coming," she answered with her familiar wink.

"In any case, the Great Rencifo wants to see you. I was just going to look for you."

"What a coincidence, Yango. I have to speak with him to tell him two important things," answered Casilda.

"Well come with me," said the Sorcerer.

Both headed toward the biggest house in the villa. As it was custom, they knocked three times at the door in order to announce their presence. A thin, short woman with a worried look on her face peeped out.

"The Great Chief awaits you," she said and let them in.

At the back of the room Rencifo the Sorcerer sat in a hammock, and next to him he had a great white wand. He was a thin man with a face full of wrinkles that made him appear older. His gaze that day was more severe than usual.

## *Chapter 3*

## *TULIA'S STORY*

A small group of Iberian conquistadors had left the port of Nombre de Dios to explore neighboring lands, and they had been lost for many days.

"Diego, never in my life have I been this hot, not even in my beautiful Seville," commented the leader of the group, who was riding on his grey horse. He was no more than thirty, tall, with a white complexion and a bushy beard, and ragged, weather-worn clothes.

"It's not only the heat. It's a humidity that I never imagined could exist, Mr. Gaspar," the other one answered. He was also on horseback and had similar characteristics as the other man.

"We shouldn't have digressed so far from the path. Now in these strange forests I believe we'll have trouble finding it."

In the eyes of these visitors from another continent, the jungle before them was a novelty - animals, plants, and trees they had never seen before, and men and women so different who fiercely fought submission to their kings.

Fear was overpowering them since they had no idea where they were headed or what to expect at the end of the path.

"Mr. Gaspar," said Diego suddenly, "there's something moving behind those bushes."

The group stopped suddenly and many dismounted and headed toward the area mentioned.

"Over there!" one yelled. "Someone is running among the trees."

A woman's figure could be seen.

"I did it!" she murmured with a smile. "They've seen me."

"Catch her!" Mr. Gaspar shouted.

All were awed when they saw this woman dressed so differently from the others they had encountered along the path. She wore a white robe. Though she ran and ran, she seemed to be floating in mid-air, and no one could catch her. Upon seeing this, the rest of the group spurred their horses and joined the hunt for the mysterious lady.

In a short time, the entire group left the path to follow her. They were dumbstruck; anyone would have said that she floated through the trees as if she were an apparition. Then some of the men began to stop, gripped by fear and convinced they were chasing a ghost.

"Mr. Gaspar," cried another man, "I saw her go behind those rocks!"

Since the horses could not reach the area, Mr. Gaspar and Diego dismounted and headed toward the rocks in front of them. As they came around them, they saw an opening to a cave. They looked at one another, waiting for the other to make the first move to enter.

"Let's go, Diego, let it not be said that we are cowards!" And they both went in.

***

Casilda the Sorceress was uncomfortable; there was something strange in Chief Rencifo's gaze. Since she couldn't speak until the Great Sorcerer allowed her, the wait made her feel worse since he looked at her and suddenly closed his eyes, as if waiting for a sign from beyond.

"Casilda, I have something serious to inform you," he said finally.

***

Mr. Gaspar and Diego entered the cave. Once within, they saw the most beautiful woman they'd ever dreamed of, her lips, her long black hair, her copper skin, her olive-colored eyes, everything perfect. At a signal, the men drew closer little by little as if hypnotized. Suddenly before their eyes, the beautiful apparition transformed itself into a horrible monster. The skin wrinkled, her nails grew like claws, her teeth turned into huge fangs and her long hair whitened.

"What are you looking for, white men?" she asked in their language.

Both were frozen with fear.

"What? Are you afraid of Tulia the Crone?" she added with a cackle which froze their blood.

The men ran terrified, while the rest of the expedition waited for them.

"What happened?" they kept asking.

"Run!" shouted Diego. "The Tulivieja is inside!"

"Who?"

"Don't ask, just run until the wind is knocked out of you."

***

Inside the cave Tulia the Sorceress kept laughing while she changed back to her previous appearance.

"This will make them stay far away from the Forbidden Valley," she said in a loud voice, and in a blink of an eye she disappeared in a whirlwind of dust.

***

Casilda the Sorceress waited patiently for Rencifo's words.

"The people who come from beyond the great waters are beginning to inhabit the Isthmus. They are of white complexion and our men and women are petrified. There will be indescribable changes, which will impact the times to come," he said finally.

Casilda remained still.

"Great Chief, that is precisely the news announced by the Great Oracle Pit," she dared to mention. "However, I bring news from the Golden Girl and some information Paquin has shared with me."

Rencifo the Chief closed his eyes once again, a signal that he was willing to listen. That's how he found out what little Constanza had seen through the crystal ball and that the white men were near the valley according to what the humming bird had commented to Casilda. This caused him to meditate once again.

If he weren't the Great Chief, I would have given him a nice dose of *guarana* so he wouldn't live forever on earth, thought Casilda.

"I have two very important tasks for you," he spoke finally. "The first is to prepare the welcoming ceremony for a visitor who comes from beyond the great waters. The date is the next new moon according to the revelations by the Great Oracle Pit."

"It will be my pleasure, Great Chief; what is the other?"

He closed his eyes once again, this time with sadness.

"Oh no," thought Casilda, "another eternity to wait for bad news."

"The second task won't be as easy. Tulia will have to appear before the Council of White Light."

"But..."

"She has violated one of our most important laws and tonight she will be judged. You will be the one in charge of telling her that when the first star appears, she must present herself at the mound in the dense, leafy area of the Forbidden Valley."

"But Your Excellency..."

"You can go now," was all he answered.

***

The sorceress bowed and withdrew, and she quickly left to search for her friend Tulia. All of a sudden she appeared on her right in a whirlwind of dust and with a great big smile that faded as quickly when she saw Casilda's expression.

"Great Mother Earth! What have you done?" Casilda asked alarmed.

"What do you mean?" Tulia answered.

"The Great Rencifo has ordered me to tell you that tonight you must appear before the mound in the dense, leafy area," said Casilda in a worried tone and pleadingly she added, "What have you done?"

Tulia quickly understood, and her eyes filled with terror.

"The only thing I did was to turn into Tulia the Crone in order to scare off some white men who were dangerously approaching the Forbidden Valley."

"You've allowed yourself to be seen by creatures with impure hearts without the permission of the Great Chief? How could you?"

"I was protecting the forest!"

"But you know that any contact whatsoever with them is strictly forbidden. Rencifo will be unforgiving with you. Tonight you will be judged by the Council," Casilda said with tears in her eyes.

"Casilda, you're scaring me," was all that Tulia could say.

# Chapter 4

## THE ARRIVAL

The vessel docked at the Nombre de Dios port. Hundreds of men and some women descended the gang plank with their belongings. The young Basque watched as the lady in the green tunic melted into the crowd without anyone sensing her presence.

"Stay still!" his mom said after they were on land. "I'm going to go look for your father. Don't move from this place."

"Yes, Mom," he said. He sat down on a tree stump and watched the hustle and bustle about him, and that's when the lady approached him.

"My young sailor," the lady said smiling, but she frightened the boy.

"Who are you? Are you one of the ghosts my grandfather used to talk about?"

"No, my young explorer, I'm just a simple caretaker of the forests."

"Why can't anyone else see you?"

"Because you are the only one with a pure heart,"

she said.

The boy blushed.

"These lands are in danger," Sonsoles said, growing serious. "Remember these words always: Love nature. For in its destruction lies humanity's destruction."

He didn't have time to respond when a hand rested on his shoulder snapping him back to reality.

"Let's go, Son," his father said. "We have a long day ahead."

The boy obeyed, but not before waving his hand goodbye to the woman that only he could see.

***

The Council of the Brotherhood of Light congregated within an overgrown clearing of the Forbidden Valley. Atop a small hill Rencifo stood with his great staff. The other members who accompanied him stood around him, among them Casilda the Sorceress, who faced Tulia, the accused.

The Great Chief spoke directly to Tulia.

"You have broken the rules of peaceful coexistence with the humans, you allowed yourself to be seen by them. What can you say in your defense?"

"I did it to protect us from the beings that are ignorant of the fact that this place must not be visited by them."

"You know that humans consider these lands sacred. That's why they don't come in," reproached Rencifo.

"These humans were different. They were white-complexioned and dressed in something that covered their entire body."

Casilda saw the opportunity to intervene.

"They are the ones announced by the Great Oracle Pit!"

The Great Chief was silent and closed his eyes, a notorious habit that frustrated Casilda. He finally spoke in a deep and serious voice.

"Tulia, there is no justifying what you have done. Before taking such great action, you should have consulted me first.

"But Great Chief," the accused began to say.

"Wait here while we make our decision," said the Great Chief.

As soon as he said this, the Council members entered the wooded area, leaving her uneasy.

Tulia paced back and forth around the clearing for what seemed like an eternity, and then all of a sudden, the members of the Council reappeared. As she saw Casilda's tears, she knew what would be her fate. Rencifo took his place once again atop the mound.

"By majority vote of the Council, you will be exiled from the Forbidden Valley. You will only use the magic from Mother Earth to transport yourself form one place to another, as punishment you will be condemned to wear the form of Tulia the Crone."

And everyone witnessed how that beautiful being transformed itself into a hideous monster.

"Be gone, Tulia the Crone!" all of them cried, except for Casilda. She could no longer hold back her sobs and withdrew from the group.

So the renegade headed to the creek that served as the boundary of the Valley, trying not to cry. As she left the shouting, a sudden silence engulfed her, a silence that would accompany her for the centuries to come. Before she stepped out of the area, Casilda appeared with a large sack.

"Here, take this, my friend," she said, "your most prized possessions."

"What will happen to me?" she asked in a trembling voice.

Obviously there was no answer; Casilda simply caressed her cheek tenderly.

"Good bye, Tulivieja," she said and watched her friend dissolve into the darkness of the night.

***

There was a heavy presence in the air at Nombre de Dios. Sonsoles withdrew from the place and headed toward the wooded areas. The new moon was invisible in its zenith. With her wand she drew a circle around her and wrote some runic letters.

"I await your call!" she exclaimed as she raised her arms into the air.

# Chapter 5

## BADGEIST AND MARQUELA

Deep inside the Earth lived Badgeist, the evil one, High Chief of all Dark Orders. With his long robes, he paced back and forth. A few torches lit the room. The light emphasized his great height, his pale white face, his red, bug eyes and pointed ears. The area had many entry ways and the evil sorcerer looked at each one, waiting for someone. While he concentrated on this task, he suddenly felt a hand on his shoulder; startled, he turned around and there before him stood a white, chunky, bald man in a grey tunic.

"Sinforoso! You know I don't like that!" he said impatiently, "Where were you? I don't have all eternity to wait for you."

"My apologies, Your Excellency," he answered as he bowed in reverence. "You should know that the Grey Order supports you unconditionally."

"Save your speech. I want news!" he insisted annoyed.

Sinforoso had to try really hard not to laugh.

Despite all his power, Badgeist acted like a spoiled child.

"Well, Your Excellency, we have reports that the reunion of the Orders of Light is about to begin as the preliminary step to the Rainbow Council."

Badgeist threw a tantrum.

"Darn Arkom! He always gets what he wants! And you GOOD-FOR-NOTHINGS!"

"Trust us, Your Excellency. Humanity's future is marked by its free will. This will destroy them."

"But when will that day arrive?"

"We've waited thousands of years. What are a few more centuries?" Sinforoso said and smiled broadly.

"I don't want to wait more centuries; I don't want that meeting to take place!"

"Don't worry; my sorcerers are working on that."

***

Marquela the Sorceress, dressed in a black tunic, walked through the forest. She was beautiful, thin, with white skin, black hair and green eyes. As she walked, she looked with disdain at the nature that surrounded her.

"Disgusting!" she said. "What was Sinforoso thinking when he sent me here?"

She had just finished saying this when a whirlwind of dust formed before her.

"Sinforoso! How nice to see you!" she exclaimed frightened.

Sinforoso was not impressed.

"I have just spoken with the Great Chief, Marquela."

"You mean Badgeist?" she said with a gulp and her face filled with terror.

"Who else would it be?" he answered sarcastically.

Marquela froze. She didn't know what to say, or what to do; at the mention of that name she became weak and helpless.

"Action!" cried the chunky sorcerer. "That's what the chief really wants. Haven't you heard that the transcendental meeting of the Orders of Light is about to take place? Our primary instructions are to prevent it from happening, no matter what."

"But how? You, better than anybody, know the power they have on this continent. Innocence and the Special Magic still reside within most of the inhabitants."

"My poor Marquela, I haven't told Badgeist of your meager work so don't make me tell him. You only need to prevent that meeting, and you'll make me happy," he said indulgently. And with a pat on the cheek he added, "You'll hear from me soon enough."

Sinforoso disappeared in another whirlwind leaving Marquela in a desperate state. She had to do more; she knew what happened to the sorcerers who provoked the anger of the Great Chief of the Dark Orders. For now, the spells of greed she put on the sailors who arrived from far away shores wouldn't be enough. She walked quickly among the big trees and bushes that blocked most of the sun's rays during the day and reached an old house. She entered and crossed a long corridor that led to a darkened room; she sat in front of a square table and focused her vision on a crystal ball. She stared at it for several minutes, anxious to see something. Finally, she saw a woman in a green tunic; her arms were raised invoking the beings of the Order of Light.

"So this is what Sinforoso was referring to," she

said triumphantly and called excitedly, "Silampa!"

"Yes, Your Excellency?" replied an unexpected voice from behind, startling her.

"How many times have I told you not to do that?"

A translucent figure dressed in a white tunic and hood had materialized.

"What do you mean, Your Excellency?"

"You just show up like that from nowhere!"

"Remember, Your Excellency, it's the only way I can present myself. I am just an apparition."

Marquela was in no mood to discuss the matter and got to the point.

"I have a mission for you, Silampa. But you have to move quickly, now!"

"Tell me what I must do, Your Excellency."

"Capture the woman you see in the crystal ball and bring her to me."

"And how do you suppose I do that, Your Excellency, I'm but an apparition. Should I just frighten her so that she would come running here?"

"Don't be a fool! You will use this blanket to capture her; you will go to the place that will be specified at nightfall," concluded Marquela, her patience sorely tried.

***

Sonsoles kept her arms raised high. She didn't notice the evil being lying in wait behind her. However, just when she was about to be captured with Marquela's blanket, a whirlwind of dust transported her far away.

"Damnation! The bratty witch will kill me for this. But what am I saying? One cannot kill what is not alive," said Silampa with a cackle, and she was about to return to her boss's lair when she heard a morbid voice from just beyond the trees.

"IT HURTS, IT HURTS," the voice repeated.

That's when she saw the Tulivieja carrying a heavy sack that looked like a hump over her grotesque figure.

"I don't know this one," murmured Silampa. And she followed her. There were some men's voices shouting also.

"Run! The spirits are out tonight!"

"She can be seen by humans just like me, I must find out who this miserable being is," concluded the apparition.

The lady in the green tunic may have escaped, but this one would definitely not. Silampa's instincts told her that this one carried something within her that would be useful to the Dark Orders. And blending into the shadows of the night, she listened to the cries of this forsaken being.

# Chapter 6

## THE ENCOUNTER

The forested area of the Forbidden Valley was once again witness to another event. The inhabitants of the Brotherhood were standing in a circle, holding hands and raising them up to the New Moon. In the center a great whirlwind formed, and there appeared Sonsoles, smiling.

Rencifo the Sorcerer was the first to speak to her in her native tongue.

"We bid you welcome to the Forbidden Valley, honorable guest from the land of great waters."

It was a significant event, for the first time in thousands of years there was contact between the magical beings from both sides of the Atlantic Ocean. After Sonsoles thanked them for the welcome and gifts, she informed them about the impending celebration of the First Rainbow Council, where they would try to reunite all the Orders of Light of the planet. Rencifo the Sorcerer accepted the invitation from King Arkom by way of Sonsoles and he appointed

Casilda the mission of preparing everything related to the trip as well as acting as hostess while the guest was in The Valley.

The day after Sonsoles's arrival, they showed her the flora and fauna of the place.

"What a beautiful place!" she exclaimed as she observed everything that surrounded her. The weather here is cooler than where I come from.

"It's because we're between mountains," Casilda explained.

They entered an area full of trees and began to hear distant voices.

"Kechila... Kechila... The Golden Girl has arrived... She is Kechila's sister... Poor girl... She has suffered greatly."

Sonsoles was amazed.

"These are the whispering trees that tell the story of The Valley, and sometimes, only sometimes, they endeavor to make predictions," said Casilda with a smile and a wink.

Despite the smile, Sonsoles noticed a touch of sadness in her new friend's eyes. However, she did not ask and limited herself to just listening to the stories of the whispering trees.

***

Marquela sat motionless in front of the table, looking at the crystal ball. She stared at it with determination, but she could only see a thick fog.

"There's no other way. I will have to wait until Silampa returns this evening to inform me of the facts," she said and retired to another chamber.

"Whose house could this be and why was it abandoned? It's not a common structure in these parts of the world," she said as she recalled that since she had come to live there how it had been a good refuge against the excess vegetation.

Hours passed and darkness overtook the place ... the right time to allow the creatures of the night to come out. The beautiful sorceress returned to the main chamber and sat in a chair and waited. As usual, the voice spoke behind her.

"Your Excellency!" exclaimed Silampa, startling Marquela.

"You seem to enjoy doing this."

"Doing what, Your Excellency?" asked Silampa, who obviously did enjoy it.

"Forget it. What news do you bring me?"

"One bad one, I couldn't catch the lady in green."

"You let that sack of potatoes escape, now Sinforoso will have my head!" she screamed and stood up, knocking down the chair and table.

"Do not get upset, Your Excellency, because I have good news. I found someone roaming around who could be of great help to us," Silampa added without worrying about the previous reaction.

Marquela changed her attitude drastically. She picked up the chair and sat down with a look of resignation.

"I'm listening," she said and crossed her legs.

"There is a sorceress who was expelled from the Forbidden Valley, and I know where to find her."

Marquela cackled.

"Perhaps all is not lost. Maybe there's still time to please my boss," she murmured.

***

Casilda could not stop thinking about her friend Tulia. She felt really bad for the punishment they had given her, but she couldn't concentrate on that now. Time was of the essence for she had to prepare for the trip to the Council. Rencifo summoned her and received her while he smoked his great pipe.

"The Great Chief Irazi from the Southern Jungles informed me that he contacted the members of the Green Brotherhood," he said as he seemed to be coming out of a trance, "that we will depart for the great reunion at the New Moon, after the Festival of the Friendship Bushes, and we will be back by the Full Moon."

"How can I be of help?" Casilda asked.

"You will accompany me, as well as the Golden Girl, since that is what the Great Oracle Pit has prophesied."

"It's an honor, but who will be in charge of The Valley while we're gone?"

"Yango will be the chosen one until our return."

Casilda didn't see it as a bad choice. Since there was nothing else pending, she headed toward her small house where Constanza was waiting for her.

"Kechila," said the little girl full of enthusiasm when she saw her arrive.

"Casilda, remember my new name is Casilda."

"I'm sorry, I forgot. I wanted to tell you that in my mind I saw a rainbow. What could that mean?"

"It means that we are going on a long journey to meet other beings like us."

"Like the lady in green who spoke in a weird tongue?"

"Exactly, my little sister; we will accompany Rencifo the Sorcerer on this trip along with the chiefs of the other Brotherhoods of Light. We will go to a place called The Rainbow Palace."

"And how will we get there?"

"Sonsoles will explain it in due time."

***

Tulia dragged her feet aimlessly through the forest. Her laments could be heard from far away.

"IT HUUUURTS, IT HUUUURTS."

In front of her a whirlwind began to form, from which a beautiful woman dressed in a black tunic appeared.

"Your laments have been heard," said Marquela, trying to sound compassionate.

The Old Crone was amazed by her presence. She did not know that being.

"You don't need to keep wandering the forests. We can end your suffering," Marquela said with a great smile.

***

And the big day arrived. The travelers were dressed in their best white tunics, while the rest of the inhabitants of the Valley surrounded them in the clearing of the forested area.

"Why is the lady in green dressed like us?" asked Constanza curiously.

"Because she has decided to make this valley her home, and she has adopted our way of dress," Casilda answered with a smile and her typical wink.

"Are you ready for departure?" said Sonsoles. "Get closer to me."

They did what they were told. Rencifo was serious, Casilda anxiously waiting and Constanza was happy before what she thought was a new adventure. Once they were all huddled together, Sonsoles traced a circle with her wand on the ground around them, from her robes she pulled out a parchment which showed them the way back and she wrote rune-like characters on the ground.

"What are those drawings?" Constanza asked.

"They are symbols from far off lands," her sister answered as she put a finger to her lips for her to be quiet.

In a tongue strange to all, Sonsoles drew an imaginary line toward the zenith, and rainbow-colored rays absorbed the four of them.

## *Chapter 7*

## *THE ARRIVAL AT THE PALACE*

Constanza marveled at what stood before her. A beautiful building made of stone and crystal seemed to float amongst the clouds. From the towers, she could see the guardsmen dressed in tunics with the seven colors of the rainbow, and from underneath the enormous entrance archway there was a bridge where one could observe many beings dressed in breathtaking clothes, these beings were different even amongst themselves, with skin tones varying from lily white to midnight black. There were also some beings of her size, with almost transparent eyes and multicolored clothing. Sonsoles did not hide her amazement upon seeing them.

"They're elves," she whispered." They come mostly from the northern isles of Europe, and the smaller ones there are gnomes."

"And those small floating lights?"

"They are forest fairies; they all want to find out about your reunion, after so many centuries."

One of the small lights approached them.

"Welcome to the Rainbow Palace. I'm Florabel the Fairy," she said.

Constanza's eyes gleamed with excitement.

"Greetings, Florabel. I'm Casilda from the Forbidden Valley."

The first exchanges took place through some little gnomes who served as translators for the many languages they spoke by hovering near each one's ear. Then suddenly a light made of seven colors surrounded them, and from that moment there was no need for the interpreters.

"Zeledonia, from the Cantabrian Forest, has spoken to me about the marvels of your world," the fairy continued.

"We hope to get to know yours," Casilda answered with the same formality, not able to refrain from giving her accustomed wink.

"A group of us would like to meet with your leader. Do you think that would be possible?"

"Why of course, my friend Florabel, Rencifo the Great Chief would be thrilled."

***

Meanwhile, Rencifo entered the rooms they had assigned him. He did not allow himself to be dismayed by the luxury and majesty of the chamber, despite the walls made of ivory and the great windows with panes that allowed multicolored rays of light to shine through.

In a corner, there were some books piled up on a round table. He picked one up, but he couldn't decipher the wording, so he held it firmly against his chest and said:

"Speak to me!"

Then in his mind some words of someone called Jorge Manrique appeared:

> Remember the sleeping soul,
> Liven up the mind and awaken contemplating
> How life passes by,
> How death arrives so quietly;
> How quickly pleasure disappears,
> And after recalling it, how it hurts;
> How, we believe,
> Any time in the past was better.

It was a poem, yes, a poem that touched the deepest corners of his being. He knew that he had to follow Arkom's orders, to adapt to the times which were upon him; he wasn't fond of the idea. His world was disappearing, dying, nothing would be the same. Nostalgia overwhelmed him. His thoughts were interrupted by a knock at the door. As he opened it, he saw a woman dressed in a multicolored tunic.

"Your Excelency," she said, "Your majesty King Arkom would be honored by your presence in the Crystal Room at sunset."

"I'll be there," answered the Great Chief, who didn't like the new titles.

***

The Old Crone looked with disbelief at the woman dressed in black who offered her redemption.

"Who are you?" she asked.

"I'm Marquela, Queen of the Creatures of the Night. I have come to rescue you from your misfortune. Tell me your story."

Tulia told her what had happened amid a sea of tears, while the evil sorceress pretended to act concerned.

"Speak no more," she said with false sympathy. "Leave it to me and revenge will be sweet against those who did this to you."

As she heard these words, the Old Crone shuddered.

"I'm not looking for revenge, I'm seeking justice!"

"Their justice has condemned you to be in this state. Now it's payback time. Help us destroy them and you will be free."

"Never!" she answered emphatically. "I made a mistake and even though the punishment was extreme, I will not do anything to help you destroy the Forbidden Valley."

"How stupid can you be? Can't you see that your freedom is at arms length? Just tell us where the place is so that the Wheel of Destiny can finish it off."

"I will never do such a thing!" and she backed away as fast as she could.

"Stupid monster, IT HURTS and it will HURT you even more. From now on you will not only have to put up with that grotesque look, but there will be stories surrounding you that will turn you into a despised being," Marquela repeated furiously, when suddenly a whirlwind appeared before her.

"Sinforoso!"

"You look like an apprentice. Instead of getting her to join our cause, you scared her off," he said and grabbed her arm, and both disappeared in a whirlwind.

***

Rencifo walked through the palace hallway, unimpressed by its magnificence; he would never change his beautiful valley for this place. The guide looked at him curiously, but she didn't speak to him until they were in front of a great entryway.

"King Arkom will see you now."

Then two heavy doors opened onto a hall whose walls sparkled with as many stars and multicolored quartz crystals imaginable.

The Great Chief approached him and saw Arkom clearly, to his surprise he was of average height like him and his skin was olive-colored.

"Welcome, Regent Rencifo," he said ceremoniously. "I'm very pleased that the Orders of Light are reuniting.

"Thank you, Your Majesty, the Forbidden Valley and the rest of the White Tunic Brotherhood are pleased as well," Rencifo replied and after a prolonged silence commented, "however, at the same time we are worried about the events that draw near."

"The Great Irazi from the Great Southern Jungles of the New World has already voiced his concern to me. Precisely at this meeting we will look for the tools so that those changes won't affect us so drastically."

After one of his many familiar pauses, Rencifo spoke.

"We trust in your good will, Your Majesty, and as proof I am pleased to give you this gift," he said just as a bright object appeared in his hand. "It's a crystal virtue wand from the Cave of Goodness in the Forbidden Valley."

"I've heard marvels of your valley," said Arkom, "of its beautiful landscapes and most of all that the animals within have the gift of speech."

"That's true," Rencifo said, "and it's also a sanctuary for unfortunate beings."

The King turned and walked towards a great basket in a corner of the hall. As he introduced his hands he heard purring. It was a tiger cub.

"He's an orphan. He was rescued by one of our Orders in Africa, and I give him to you so that he can have a new life in the Forbidden Valley."

Rencifo took the stray feline and held him to his chest. "How he will miss his land!" he murmured. Then the following words came to mind, 'How, we believe, any time in the past was better.'

"I'll call you Manrique," he said as he played with his small paws.

***

Casilda and Constanza entered their chamber where the dominant color was rose.

"It's bigger than our house," the girl said.

"Yes," her sister answered, and as she checked out all the furniture, she was startled by a small light.

"Florabel!" Casilda said after a scream.

"Hello, friends! I decided to pay you a courtesy visit."

"Could it be that in some places they don't knock before entering?" murmured Casilda, but aloud she said trying to sound jovial, "Forgive me for being frightened, it's just that you appeared out of nowhere."

"As fairies we can appear wherever we want, including those off limits."

Casilda didn't understand what Florabel was trying to tell her.

"Because of this we can spy on the Dark Orders."

The sisters looked at each other, taken aback.

"What are the Dark Orders?" asked Constanza.

"Oh, I forgot that you don't know that part of the story. They are orders which rose up against Arkom after man and woman were created, envious of their free will. They use Spells of Greed to bewitch humanity and have them destroy Mother Earth, turning her into a kingdom of darkness and evil."

"That's terrible!" said the younger one.

"The worse thing is that now they have set their eyes on the New World."

"Does this have something to do with strange men arriving in our land?" Casilda asked.

"Partly, because some of them are already bewitched by Spells of Greed."

Casilda remembered when Tulia scared off a group of men who were approaching the Forbidden Valley, and she thought that perhaps they were the ones Florabel mentioned. The thought made her shudder.

At that moment someone knocked on the door. Constanza opened it, and in the doorway stood Zeledonia and Sonsoles.

"We come on behalf of Arkom to make sure you are comfortable," said Zeledonia.

"Well, we really prefer our val...," Constanza began to say, but was interrupted by an elbow jab from her sister.

"How sweet," said Casilda. "But do come in, we were talking with Florabel. Oh! She's disappeared, what could have happened?"

"Fairies are like that, they come and go without a word, don't try to understand them," said Sonsoles, smiling.

Constanza noticed that she was dressed in white once again.

"Why do you want to move to our valley?" she asked.

"Because I was captivated by its beauty."

Zeledonia interrupted the conversation.

"We must go, but we must inform you that the

Council will take place in two days in the Throne Hall," and they left the room.

***

Badgeist was pacing in circles inside his cave.

"When will I be able to get out of here and do the job myself, the one these imbeciles can't seem to do?" he said aloud.

At that moment, Sinforoso approached through one of the entryways to the cave, pulling Marquella by the arm. He stopped.

"Well, well, what do we have here?" he said looking straight at them. "Why it's none other than the loser team making its triumphant entrance."

The newly arrived remained quiet.

"Could it be that you don't know what will happen in a few days?"

There was no reply.

"The Rainbow Council! The Orders of Light are reunited, you imbeciles," he yelled and raised Marquela by her shoulders, "and you, beautiful sorceress, are the culprit for allowing this to happen because you were incapable of stopping the meeting."

Marquela despised Badgeist's aspect, and she did not look directly at him.

"Your Excellency," she begun to say.

"Look at me when I'm speaking to you!"

Marquela lifted her head and confronted that look that so disquieted her.

"While Mother Earth is alive, I, the sovereign of the Dark Orders, will continue to be confined to this place. If you are not able to make humanity destroy her, then I will get rid of you," he raged.

"Your Excellency, with even more reason you should give me the names of the elves that are at your service, that way we can work together," said Sinforoso, who maintained an attitude of apparent serenity.

Badgeist recalled the presence of the sorcerer and let go of Marquela.

"Never will I allow my legions to know each other!" he exclaimed.

"But why?"

"Don't ask or I'll turn you into..."

Suddenlly, he grew quiet as he looked toward a distant corner of the cave.

"Is something the matter, Your Excellency?" Sinforoso asked calmly.

"It's this being cooped up that's driving me crazy. Now I'm seeing rays of light everywhere."

"I don't see anything. What about you, Marquela?"

"No, I don't see anything either."

"Fortunately my elves do a better job than you, and they were able to infiltrate the council. Now get lost, you pair of imbeciles!" said Badgeist, even more disgusted.

Marquela took Sinforoso by the arm and almost dragged him to one of the exits. Once again, the Leader of the Dark Orders started pacing in circles, unaware that he was in grave danger.

## Chapter 8

# THE RAINBOW COUNCIL

Then the great day for the Rainbow Council arrived. The different Orders made their entrance to the Throne Hall and placed themselves in their assigned spots, according to the region they represented. They stood in a semicircle before the seat of King Arkom. The sun's light filtered through the great windows decorated by gleaming, colored curtains.

Rencifo, Casilda and Constanza were seated when Sonsoles joined them, dressed in her new, white tunic.

"Who hasn't arrived yet, Sonsoles?" Casilda asked as she scanned an empty area of the hall.

"The elves are missing. Their chief has already been informed of the situation."

***

In a room adjoining the Throne Hall, the elves with their squeaky voices, small stature, pale skin, light eyes and pointed ears, were waiting for the announcement. Karkoff, their leader, was talking with Menoff, who did not hide his disgust.

"This is an insult!" Menoff insistently repeated.

"What can we do if in this same hall there are elves who serve the Dark Orders, and we don't know who they are?" the leader asked.

"But we three are trustworthy; they don't have reason to set us aside."

"I was the one who asked that we stay outside, so that the rest of our colleagues wouldn't be offended," said Karkoff.

Fangdottir the elf listened in silence. Menoff looked at him with a challenging stare.

"And you! Why don't you say anything?"

"I'm just thinking of something much more serious than the fact that we cannot participate in the Council."

"Can you tell us what it's about, my friend?" asked Karkoff.

"What would happen if one of us who goes to the New World would be one of the traitors?" he said staring at Menoff, who now grew silent.

***

Meanwhile in the Throne Hall, King Arkom, with his blonde hair and blue eyes, addressed the audience.

"Welcome, members of the Orders of Light. May we stand united," were his first words, which were received with great applause.

The Council began with the introduction of the leaders of the different Orders, who were invited to explain the situation of Mother Earth in the area where they lived. All were especially worried about the New World, where the major changes would occur in the next centuries and the consequences it would have on the rest of the planet.

With a wave of Rencifo's wand, there appeared

images that showed the beautiful landscapes where he came from, and he asked for help to mitigate the painful events which drew near.

The Sovereign stood up and addressed them all.

"I hand over to you these crystal balls, two for each leader. With them we can be in constant communication."

"They're just like the ones we have at home," Constanza whispered to her sister.

"The same, but different," Casilda added, motioning her to keep quiet.

Arkom kept talking.

"To you, the New World Orders, we will give you magic brooms to transport yourselves through the air."

Meanwhile, Rencifo could not help but feel the stare of a beautiful woman with braided black hair, dressed in red silk and organdy trimmed in gold.

"It looks like you've captivated the genie Yasmina's attention, Your Excellency," Sonsoles said with a smile.

"Where is she from?"

"She's a member of the Order of Genies from the Near East."

Rencifo asked himself why she kept staring at him with such insistence. He was so mesmerized by that thought that he did not notice Arkom bringing the Council to a close.

"Now that all the Orders of Light have established permanent contact, it is important to begin our work to protect Mother Earth. This is why we must teach the majority of children how to discover their Special Magic and use it to counteract the Spells of Greed brought about by the Dark Orders. The instructions will be sent using the crystal balls. We will reunite again in 500 years in order to evaluate the work which has been done. Therefore, I deem this magna council closed."

***

It was time to bid farewell, Arkom directed himself to Rencifo.

"The fairies, gnomes and elves of Northern Europe would like to thank you for the opportunity to accompany you to your lands."

"It would be our pleasure to welcome them, Your Excellency."

"Allow me to introduce you to those who will be traveling with you: Florabel the fairy and her court, teachers of the Special Magic for children, Karkoff the elf and his subjects, who have expressed their wish to travel to virgin lands and finally, Wigfred the gnome and a group of his friends."

A female voice interrupted them.

"You have forgotten to mention me, Your Excellency," said Yasmina, holding a beautiful bottle in her hand.

"That's true. I had forgotten about your decision to join the group."

The diminutive fairies, the elves dressed in happy colors, the gnomes, Yasmina the genie, little Manrique, the visitors from the Forbidden Valley and Sonsoles approached each other, and Sonsoles traced with her wand a circle on the ground around them. From her garments she pulled out the parchment that showed them the way back, and she drew runic characters on the floor. Raising her arms, there appeared a whirl-wind which would transport them to the New World. Afterwards, in the same manner, Chief Irazi and the representatives from the Orders from the Southern

Jungles were returned to their home.

***

The inhabitants from the Forbidden Valley, led by Yango, formed a circle in the forested area. As the full moon approached its zenith, a whirlwind appeared in the middle of the circle and in it were the Great Chief, Casilda, Constanza and Sonsoles accompanied by some unknown beings.

With great ceremony, Yango spoke to them.

"Our hearts are filled with great happiness upon your return."

Then Rencifo spoke.

"Inhabitants of the Forbidden Valley, let us welcome our new friends who come from far off lands, from the other side of the great waters. They will make this their permanent home, helping us to battle the Dark Orders and to protect Mother Earth using the Special Magic."

A great applause resounded throughout the valley.

"Tomorrow at dawn we will commence the Festival of the Friendship Bushes, to celebrate the beginning of a new age."

## *Chapter 9*

# *THE TREACHEROUS ELF*

During the next weeks after the arrival of the new inhabitants, life in the Forbidden Valley was calm and pleasant. Casilda and Constanza were surprised daily by the visits of Florabel the fairy, who would relate her experiences with the children so they could find their Special Magic.

On the other hand, Yasmina the genie had long conversations with Chief Rencifo, who had offered her a special little house to live in, but she insisted that she was more comfortable in her bottle.

The elves as well as the fairies and gnomes were happy in their new home, as were the locals who welcomed them.

***

Fangdottir had grown accustomed to early morning walks and one dawn he found Menoff taking a stroll. Secretly, he followed him down a path without knowing that they were crossing the Valley's boundaries.

***

Cooped up in her humongous house, Marquela was filled with a feeling of terror.

"Tonight I'll make the monster tell me the truth," she mumbled.

***

Fangdottir was already tired. He had followed Menoff all day until losing sight of him. Now he didn't know how to get back home. He sat upon a rock in the darkness and looking up to the star-filled sky, he began to cry.

At that moment, he heard a voice.

"Why are you crying, little elf?"

As he lowered his head, he saw the most abominable being he could ever imagine.

"Who are you?" he asked frightened.

"Don't worry; I'm not as evil as they have made me out to be. I am Tulivieja, a friend of Casilda the Sorceress. You must be one of those small beings she has told me about."

Of course he knew who she was. Her story was one of the first ones he had heard about the place.

"Oh, Old Crone!" he said with his squeaky voice. "I have left the valley and I don't know how to get back."

The Old Crone made a smirk, which was actually a smile.

"Come with me, I'll show you a path that will take you directly there."

They walked a long way until they came upon a rock shaped in the form of a toad.

"Follow this path and don't get off it. It will take you straight to your home."

Fangdottir thanked her and happily went on his way. After a few steps, he shuddered as he heard the laments, "IT HURTS, IT HURTS." He stopped to listen and suddenly he heard another female voice. He approached, curious to see who it was. Hidden in the bushes, he discerned the figure of a beautiful woman dressed in black, shouting at the Old Crone.

"Darn monster, once and for all, you're going to tell me how to get to your sorcerers' hideout," she said while she raised the magic cover in order to catch her.

However, before she could capture her, the Old Crone disappeared in a whirlwind .

Marquela cursed for having failed once again, when suddenly a squeaky voice interrupted her thoughts.

"Finally I meet the beautiful sorceress that Badgeist has spoken so much about," said Fangdottir.

***

As was the custom, the elves would gather at nightfall.

"I'm worried," Karkoff started, "we haven't heard from Fangdottir all day."

"The last thing I know is that he was following me while I was exploring the outside world, like you had suggested," Menoff replied.

"And you let him leave the valley?" the leader asked in alarm.

"Yes, I was tired of his constant vigilance."

"So you don't know what happened to him?"

"No, Your Excellency, I really didn't worry about him."

Karkoff showed his rage.

"How is it possible that you did that to your friend? You know he doesn't know his way back."

Menoff lowered his head in shame.

"I'm sorry, Your Excellency, you know that I've never trusted Fangdottir."

"That's not the point at this time. Now what we have to do is rescue him. Let's consult Chief Rencifo."

"What a shame, only a few weeks and we already have problems," grumbled the leader.

Then they marched in a line to the Great Chief's house and found Yango sitting at the door.

"Good evening, Yango, our friend," said Karkoff. There's been a problem and we need the Leader's help.

"Your Excellency Rencifo is meeting with Yasmina the genie and does not want to be bothered."

The elves looked at each other worried.

"It's something very important," they insisted with their squeaky voices.

The fuss was so great that the Great Chief heard it and came to the door looking upset.

"Yango, can you explain to me what's going on?"

"Your Excellency... " but he couldn't go on because he was interrupted by the elves.

"Fangdottir has disappeared; he got lost outside the valley," they shouted.

Rencifo closed his eyes and remained silent waiting for the elves to grow quiet. Karkoff noticed this.

"Quiet! Show some respect before our Leader," and directing himself to Rencifo he said, "Our apologies, Your Excellency, for our being so flustered. As you heard, one of us has gotten lost outside the valley."

After a moment, Rencifo broke the silence.

"Come in, we must talk," he told Karkoff.

Inside, Yasmina the genie was looking at a crystal ball. There was a concern on her face.

"Is this the elf that you think is lost?" she said as she pointed to the ball.

Karkoff came closer, and inside it he could see Fangdottir speaking with a beautiful woman dressed in a black tunic.

"Marquela, the Sorceress! What is he doing talking with her?" he exclaimed.

"You know her?" Rencifo asked.

"Of course, she terrorized many villages hundreds of years ago. Now she wants to do the same in the New World."

Yasmina stared at him.

"And it seems that she has found an ally in your friend Fangdottir."

## *Chapter 10*

## *THE NEW LEADER*

Marquela looked at the elf in a rather puzzled manner.

"What are you doing here?" she asked, "and why do you mention Badgeist?"

"Because I serve him. He sent me to do the work that you were unable to do," he said and then he cackled.

The sorceress was upset by the insult.

"Listen here, you twerp, if you're trying to insult me, you'd better hit the road."

Fangdottir's eyes gleamed.

"I'm going to the Valley of the Murie," he said with a wink.

The elf realized that Marquela hadn't understood.

"I see now that Badgesist was right when he described you as beautiful, but dim-witted. The Valley of the Murie is what the natives call the Forbidden Valley.

Marquela recalled that *murie* meant 'spirits' in the native tongue, and this brought her back to reality.

"Do you know how to get to the Forbidden Valley?"

The elf pointed to the path and began to sing.

"Follow that road. I will gladly accompany you."

"Don't even think about it, you disgusting tadpole," she said rudely, and pushing him aside headed down the path.

The elf stood up, shaking the dust off his clothes, obviously upset.

"Beautiful, but dumb," Fangdottir said and he took out a small parchment from his pocket. "I think it's time to pay a visit to my boss."

He recited a phrase in an unknown language, written on the parchment, and he was sucked into the depths of the earth. In a few seconds he was in front of the entrance to a cave. Once again, he shook any bits of dirt and seeds from his clothing, since he knew what kind of danger this would mean for Badgeist.

Nothing had prepared him for the horrific scene he was about to encounter.

***

Marquela followed the path when suddenly a feeling of disgust overwhelmed her.

"I can't go on. I'm entering territory belonging to the Brotherhood of Light. This will redeem me in front of my colleagues," she said and turned back, happy about her triumph.

***

Back in Rencifo's chambers everyone was scared. They had witnessed, through the crystal ball, how Fangdottir showed Marquela the way to the Forbidden Valley.

"My shamefullness has no limits," said Karkoff distressed. "One of my own has betrayed the hospitality that you have offered us."

Rencifo closed his eyes and meditated, but before he could say anything, the genie spoke.

"Karkoff, where do you know Marquela from?"

The Great Chief grimaced with disgust. He was bothered that Yasmina would speak before he did.

Even so, Karkoff replied.

"Some two hundred years ago she arrived in our lands and introduced chaos to a village close to the forest where we lived. Its inhabitants fought amongst themselves, and the dispute ended in a great fire that destroyed their homes and it spread until it destroyed our home."

Rencifo was going to say something, when once again he was interrupted by the genie.

"And how is it that today one of you betray yourselves by helping her?"

"Fangdottir joined our group after the incident I just described to you. We traveled for many weeks until we arrived at a forest where he lived alone, and he offered us his hospitality."

"So this means that all this time you've had an agent of the Dark Orders in your midst waiting to attack," Yasmina concluded. And turning to Rencifo she asked, "What do you think, Your Excellency?"

Finally he could say something.

"I believe that it's all very clear, the Wheel of Fortune is taking its course, and this valley will soon stop being our home."

The elf and the genie looked at each other in alarm.

***

Inside the cave, Fangdottir could not believe his eyes - the inside of Badgeist's chambers looked like a jungle.

"Your Excellency!" he began to shout.

As he walked through the grass, he found another elf that he immediately recognized.

"Memon, what's going on here?"

"A tragedy," he responded. "Do you remember the beautiful sorceress whom our boss spoke to us about?"

"Yes! I just met her. That was the reason for my visit, to inform the Great Badgeist."

"Without knowing, the idiot brought dirt and seeds on her tunic, elements of Mother Earth that ended up germinating and ending our leader's life."

Fangdottir listened with eyes wide open as Memon kept talking.

"Now we have a new leader," he said pointing toward his left at Sinforoso the sorcerer, who emerged from the shadows.

"Welcome, small creature, you can honor my presence," he said.

The elf's face tightened.

"What did you do to my boss?" he squeaked.

"An unfortunate accident," insisted the sorcerer.

"It was no accident; tell me where you have him!"

Sinforoso began to lose patience.

"My little elf, you'd better calm down and obey me."

"No! I only obey my Master Badgeist."

The sorcerer pointed his wand at Fangdottir.

"Fool! Haven't you realized that no leader is indispensable?" and he turned him into limestone.

Right after that, Memon was assigned as Chief of the Shadow Elves.

"It's too great an honor for me, Your Excellency" he said with a smile.

***

Marquela was not at ease in her big house.

"What could be happening to cause Sinforoso not

to answer?" she said looking into the crystal ball.

"Can I help you with anything, Your Excellency?" said a voice behind her, frightening her.

"Silampa! How much longer do I have to put up with this?" she exclaimed, startled.

"Put up with what, Your Excellency?" the apparition answered, quite calm.

"That attitude of a lost soul."

"Pardon me, Your Excellency, I can't help myself."

"If no one has called you, be off with you!"

"While I'm a ghost, making her suffer is enough fun for me," the specter mumbled and disappeared.

Marquela looked at the crystal ball once again, and amidst the shadows one could see inside, Sinforoso's face appeared.

"Hello, my beautiful sorceress, may I come in?"

"Of course," she answered, annoyed. "I've been waiting for you."

A grey whirlwind slipped out of the magical sphere and inside of it appeared the sorcerer.

"You're looking radiant today," he said cunningly.

But Marquela was not in the mood for flattery.

"Save your breath, I have good news that I hope will make the Dark Orders forgive me. I still don't know why they're blaming me for Badgeist's destruction."

"Because you were the last one to see him alive."

"Me? You mean, WE," she said angrily. "You were there also."

Sinforoso could not contain his cackle.

"What's so funny? Hold on! It was you, wasn't it!"

"For the first time in a long time, you're right," he answered, as he kept on cackling.

"You swine! How could you do this to me?" she said as she rushed to strike him.

He stopped her by holding her by the arms.

"Understand, my beautiful sorceress, if I would have taken the blame, I would never be able to become the Supreme Chief of the Dark Orders."

"And for that you had to blame me? What do I get from that?"

"How about becoming the new Queen of the Dark Orders of the New World?"

Marquela stopped to think about it.

"And what use is this title if my future followers still think I'm guilty?" she said more calmly.

"My dear, remember that I am now the Supreme Leader. It's enough to have pardoned your clumsiness. Now tell me, what is the good news?"

## Chapter 11

## THE WHEEL OF FORTUNE

Rencifo strolled over one of the hills that surrounded the Forbidden Valley. He had been doing this for many weeks now, ever since he had seen Marquela the Sorceress in his crystal ball.

Once in a while he contemplated the beauty of the green landscape that stretched until it met with the Southern Sea. It would only be a matter of time before his home for hundreds of years would be inhabited by humans. But he trusted that the Special Magic, which would be dispersed in every nook and cranny of the place, would counteract the spells from the Dark Orders, those which had a hold on the continent.

"Great Chief, I mean, Your Excellency," he heard Casilda the Sorceress's voice behind him.

He turned and with a gesture unfamiliar to him, he smiled.

"At this point you can call me whatever you wish, my good friend," he said with an attitude that surprised the sorceress.

"Your Excellency," she continued, "among the inhabitants of the valley, there is a rumor circulating that the end of our time is near."

Rencifo closed his eyes and once again adopted his severe state.

"That will happen the day we renounce our promise to care for Mother Earth," he said firmly.

"The Dark Orders have found our home," Casilda insisted, "and they have the weapons to destroy it."

"They can destroy our home, but not us, nor the Special Magic."

Casilda was perplexed. She had never seen Rencifo so expressive, once again his facial expression had changed, and he allowed one to see some traces of tenderness.

"Don't be afraid, Casilda. When the time comes, I myself will make sure to steer evil away from these lands."

Once he said this, both stood there looking at the horizon, when from a distance they could see a group of men on horseback headed their way. Casilda looked at the Leader.

"This is what Tulia tried to prevent a year ago," she said.

"She simply delayed an event which was unavoidable. We will never know if her actions did more harm than good; it would have been better if the humans would have entered the valley by themselves and not like it's happening now, guided by dark forces."

With those words, Casilda understood the severity of Tulia's punishment, one which she had considered unjust. Both kept walking until they crossed the border of the valley. They were greatly surprised when a few meters distant, they saw a beautiful woman dressed in a black tunic. She was waving a great black wand and was yelling incomprehensible words. They recognized her immediately; it was Marquela, the new leader of the Dark Orders.

The Great Chief lifted his white wand, and rays the colors of the rainbow shot out from it. The Special Magic and the Greed Spells met face to face, and so did Rencifo and Marquela.

***

Yasmina was seated in front of Rencifo's home, with little Manrique, when Karkoff appeared. Quickly they began a pleasant conversation. The genie took the opportunity to clear up some doubts.

"How did Badgeist attract elves for his cause?"

"The only way the Dark Orders know how, through deceit and false promises."

"And that is how Fangdottir joined them?"

"That's it, Yasmina, we didn't realize it in time. Menoff was right to suspect him."

"How could a corrupt elf enter the lands occupied by the Orders of Light?"

"The same way they slipped in during the Rainbow Council. Remember, just by being elves, we can avoid Mother Earth's magic."

"That's true," the genie said thoughtfully, "while Badgeist cannot come into contact with any of her elements because he would be destroyed, you as well as the fairies can go wherever you like."

Karkoff looked straight at Yasmina.

"Now that you mention it, Florabel informed me that Badgeist has disappeared, and we don't know who governs the Dark Orders now."

"Since when? Why haven't I been told?"

"It happened a few months ago. Rencifo has not

wanted to give the news officially yet because he fears it could be a trick."

Yasmina couldn't hide how much the lack of trust upset her, and Karkoff noticed this.

"Don't be annoyed, my dear genie, he simply wanted to be sure before telling you. What I find odd is that you haven't heard any of the rumors that have been circulating for quite a while in the valley."

"I think I will need to spend more time outside my bottle," she said, resigned.

The leader of the elves noticed an abrupt change in Yasmina's expression. Now she looked worried.

"Do you know where the leader is?" she asked suddenly.

"He's taking his morning stroll through the mountains, and waiting for what he calls The Wheel of Fortune," he answered.

All of a sudden, before Karkoff's amazed eyes, a brightly colored carpet appeared.

"Hop onto the carpet," Yasmina ordered.

"But how did you do that?" he asked.

"Don't ask. Just sit on it like I'm doing."

He did what he was told, and the carpet began to rise.

"Sorcerers fly on their brooms, genies do this."

"What is going on, Yasmina? Why are you so upset?"

"When this talisman vibrates, it means that something big is happening," she said while she showed him the iridescent crystal that hung from a chain around her neck.

"Is the leader in danger?" the elf asked in alarm.

***

Little Constanza was reading one of the many books

that had been given to her during the Rainbow Council, when suddenly Paquin the humming bird flew in through the window.

"Constanza! Where is your sister?" he asked anxiously.

"She left to go find Chief Rencifo, I mean to say, His Excellency Rencifo. I can't get used to calling him by his new title," the girl said with a smile.

"Do you know where?"

"On the hill near the entrance. Is something wrong?" she asked curiously.

"I'll tell you later." And he flew off in a hurry.

***

Rencifo and Marquela stared at each other.

"So you're the Great Leader of the Orders of Light in this area," she said letting out a wicked cackle, "but how insignificant you are. Did you think I would be frightened by that show of lights? I'm more powerful than you think."

Rencifo closed his eyes.

"Your power is weak compared to that of Mother Earth's," he said.

"HAHAHA, you'll see once she is destroyed."

"Like your leader Badgeist?" Casilda intervened with a look of disgust.

"Who's this fluffy busybody who dares name our leader?"

"So some parts of him still remain? Or do we have better informants than you?" Casilda asked sarcastically.

Marquela's haughty expression changed to one of disgust.

"Stubborn, look beyond, do you see those men on horse back? That's just a small sample of what awaits you. When they pillage your beautiful valley, the

Special Magic will be lost. I will be able to enter the valley and conjure my Greed Spells over them so they will destroy it."

At that moment, Karkoff and Yasmina appeared and landed on the magic carpet. Marquela regarded them disgustedly.

"I see that more clowns have arrived to watch the beginning of the end." And with a last cackle, she disappeared in whirlwind of dust.

The first one to speak was the genie.

"Your Excellency, what has happened to Marquela the Sorceress?"

Before he could answer, Paquin arrived, but because he was outside the valley, he couldn't speak. Seeing his desperation, they followed him until they were within his boundaries.

"Excellency," he said finally, "they're coming; white men and natives are near."

Rencifo closed his eyes once again.

"The Wheel of Fortune begins to turn in our favor," he said.

***

They gathered in the forested area and there Rencifo informed them of what he had known for decades - they would have to leave the Forbidden Valley so that it could be re-inhabited by humans.

He ordered them to follow him along a path that ended at a stream. On the other side, there was a big rock with a series of strange figures engraved on it. They crossed the stream until they came upon a small clearing beside the monumental rock. The leader turned around and spoke to the group.

"The future is now present, before you is the great Murie (Spirit) Rock. It will show us the way to a magical forest that is still now unknown to humans and will be our new home. We will head toward there."

When he stopped talking, he lifted his wand, and a great white light engulfed all of them except for three elves.

"The followers of the Dark Orders have no place where we're going," he said.

Before the surprised look from the others, the three poor wretches ran off terrified until they were out of sight. Casilda and Yasmina, who was holding Manrique in her arms, moved closer to Rencifo. Everyone was looking at Karkoff, who lowered his eyes in shame.

"I assure you that there are no longer any traitors among you," said the leader trying to comfort him.

"Even so, I still can't help but feel sadness for the ungratefulness of those three."

The Great Chief looked toward the rock and spoke once again.

"Before it, the inhabitants of these lands declared this valley sacred. From here we take care of neighboring villages. Times have changed, a similar encounter to that of the Rainbow Council is happening among the humans, one that will bring new men and women."

Everyone listened attentively.

"Now, we will cross into that magical forest that I have spoken to you about."

The gigantic rock began to rise, opening to a cave that would take them to their new home - THE HIDDEN FOREST.

# *Chapter 12*

## *THE MAGICAL FORESTS*

Sinforoso was having a pleasant conversation with Marquela in her big house.

"I'm pleased with your triumphs, my beautiful sorceress," he said proudly. "You have gained the respect of those who once doubted your ability for leadership, and they've even forgotten the incident with Badgeist."

After saying these words, they heard a growl coming from outside.

"What was that?" the sorcerer asked confused.

"I don't know. I've been hearing that for many nights now. It must be a lost animal, but let's not digress from the subject at hand, my dear Sinforoso. What were you saying?" she said with her typical coquettishness.

"Ah yes! You have won the respect of the Dark Orders by making Rencifo and his people disappear.

Marquela played with her hair as she relished in her boss's compliments.

"Thank you, Sinforoso. Now that those wretches aren't here, you'll see the progress I'll make."

"I'm sure of that, my beautiful sorceress."

With her magic wand, Marquela conjured two glasses of wine and a bottle of a strange liqueur.

"Let's toast for the disappearance of the Special Magic!" she exclaimed.

"So be it!" the pudgy sorcerer said seconding the motion.

Everything was laughter and celebration, when suddenly Sinforoso saw a small light in the corner of the room.

"Marquela, what is that?" he asked pointing at it.

"It's one of those lightning bugs. Don't be afraid, Sinforoso," she said sarcastically. "Let's hope you don't end up like Badgeist, who at the end was seeing lights everywhere."

Obviously that comment didn't sit well with the sorcerer.

"Well, I'd best be off. I've got an idea to create a desert salt marsh next to your horrible valley, so I need to go work on that."

After saying this, he quickly bid farewell and disappeared into the interior of the crystal ball that was on top of the table next to the glasses.

"Darn fairies!" she said to herself. "Sinforoso almost found me out because of them, how I hate them!"

***

The inhabitants from the once Forbidden Valley came out of the cave, guided by their leader. They walked a couple of kilometers until they arrived at the heart of the Hidden Forest. The area looked like a huge garden. Beautiful flowers of all sorts of species blossomed everywhere; the most abundant was a beautiful white orchid with a sweet aroma; inside its petals rested the shape of a small dove with opened wings.

"This will be our new home," Rencifo exclaimed. "Here we will live in peace and harmony with nature."

Karkoff gave a remorseful look.

"You are not to blame for Fangdottir's doings," Rencifo told him. "Your village has shown its loyalty. For that, you will have a piece of land where you will be able to build your own town, which you will govern; from now on I name you Ruler of the elves."

Karkoff bowed his head as a sign of gratitude and acceptance. Rencifo continued talking.

"We, the members of the Brotherhood of Light, will build our town in this place," he said as he stuck his wand in the ground. "The gnomes and the fairies will live in the leafy, overgrown area near the new whispering trees."

Casilda asked to speak.

"With your permission, Your Excellency, if you agree, I would like to build my house outside the town. You know that I like to be in direct contact with Mother Earth."

Rencifo closed his eyes for a few moments to meditate. The sorceress felt calm as she saw her leader hadn't changed his way of being, after such a dramatic move.

"It will be as you wish, my dear friend," he said finally.

***

Marquela was sitting in meditation after Sinforoso's sudden departure.

"Your Excellency," Silampa spoke from behind her, surprising her as usual.

"How long do I have to put up with you, you ghost?" she exclaimed upset.

"Well, Your Excellency, don't forget that you contracted my services forever."

"You've said it, *your services*, which means not to bother me when you're not wanted!"

"Your Excellency, you know I have no intention of bothering you. I just wanted to share with you that in my humble opinion, you made a mistake by not telling your boss the whole truth."

"You are testing my patience!"

"Your Excellency, I must inform you that the Sorcerers of Light have not disappeared. They've only hidden themselves in another place, like the three elves who arrived last night had told us."

"Silence! I know very well what I do. You mind your own business. I want everything to be ready for the ceremony tomorrow night."

***

The new inhabitants of the Hidden Forest began following Rencifo's orders immediately. The elves sang happy songs as they headed toward the place assigned to them to begin building their villa. The fairies and gnomes retreated to the leafy, overgrown area.

Sonsoles pulled Casilda aside.

"It is vital that I return to the Cantabrian Forest and inform them personally about what has happened," she said.

"You're going to abandon us?" Casilda asked worried.

"No! You know my place is here with you. However, Zeledonia has vast experience with this type of problem. Her advice will be priceless, as well as any magical object that she might give to us."

"When will you tell our leader?"

"Right now, but I wanted you to be the first to know. Zeledonia esteems you highly."

"And how will you get there?"

"With one of the magic brooms they gave us at the Rainbow Council, remember? When I return, I'll teach you how to use them."

"And why don't you use Mother Earth's magic?"

"I want to fly, and I'd like to see what has happened in the Old world these past few years, but I'll return soon enough."

With a sad face she left to go speak with Rencifo.

***

The night was darker than usual. It was the new moon and thick clouds covered the sky. In a clearing in the thickness of the jungle, in front of a bonfire, one could see Marquela the Sorceress's beautiful figure raising her wand. Silampa was floating beside her.

"Night watchmen, bring me my new servants!"

Two robust sorcerers with dark animal skins held by chains around their waists emerged from surrounding trees. They were accompanied by elves dressed in grey.

"Welcome, my dear elves!" Marquela said joyfully.

"How pompous," Silampa mumbled.

The new arrivals surrounded the bonfire and stood where the night watchmen indicated.

"Before the elements of Mother Earth - Fire, Wind and Earth, I invite you to contribute to her destruction without the nuisance of humanity," Marquela continued.

"Your Excellency," Silampa whispered.

"What do you want?" she hissed. "You're a pain even now!"

"Your Excellency, you forgot to mention the element *Water*."

"Don't you dare correct me, scarecrow!" and she kept talking. "Our plan will begin at the next sunset and thanks to the Spells of Greed, humanity will be our instrument for..."

Her voice was gradually blown away by a strong wind, and a violent storm suddenly broke out in a fury over them."

"Silampa! The fire is going out and I'm getting wet! Useless night watchmen, do something! Elves! Remember that you are at my service! Where is everyone?"

At that point everyone ran for cover from the ferocious rain.

"But what's happening?" she asked looking at Silampa, who was the only one left by her side.

"It's the element you forgot to announce, Your Excellency."

"Mother Earth will not mock me!" she screamed left and right.

The torrential rains fell so hard that one couldn't see beyond a few meters. Suddenly Marquela felt a strong sulfuric smell, accompanied by familiar growls. She panicked as she saw before her a pair of red, fiery eyes.

"Badgeist!" she muttered in alarm.

She could see the horrible figure as it approached her. It had a ram's head, pig's feet and a deformed, spotted body. From its snout protruded some enormous fangs.

"Serimpio, where have you been?"

"Silampa, what is that horrible thing?" asked the sorceress holding her hand to her chest and grimacing in disgust.

"My personal assistant, Your Excellency, Billy Goat, but he's very sensitive so don't call him that."

Marquela didn't respond. She ran off to her huge house, angry with how her ceremony had gone wrong. Once inside, drenched from head to toe, she lifted her wand and the water evaporated from her robes, but she felt a presence.

"No!" she yelled. "Shoo, fairies, you're going to drive me crazy!"

"Your Excellency!" Silampa's voice startled her.

"Out! Ghostly apprentice, leave me alone!" she shouted as she waived her wand up in the air. "I don't want to see anyone!"

"Not even me, beautiful sorceress?" said Sinforoso entering the room.

This was enough to quiet her down.

"Please forgive me. These useless servants are driving me crazy."

"Marquela, let's forget about the servants, I'm here to talk to you about something serious."

The storm blew with even greater fury.

"You see what you've caused? Mother Earth's wrath," said the sorcerer apparently upset.

"I'm the ruler of the Dark Orders and as such..."

"And as such, your power is weaker when you face her directly. Remember, your job is with the humans and not with nature. Never again summon her elements or you'll suffer the same fate as Badgeist.

The sorceress grew silent. The storm lessened and once again they could hear the growls outside the room, but this time Sinforoso ignored them and reprimanded Marquela.

"Why didn't you tell me about the Sorcerers of Light's fate?"

"Sinforoso, I..."

"Besides, I'm well aware that the fairies come in

and out of your house as they please, taking information to Rencifo!"

"I was going to tell you, but..."

"Don't interrupt me! I've made a decision."

Marquela trembled as she heard these words. Seeing her face, the sorcerer calmed down.

"Don't worry, my beautiful sorceress, nothing will happen to you. My decision pertains to this forest."

For a few seconds there was silence, and then Sinforoso continued.

"It will be a magical forest, just like the one that belongs to the Sorcerers of Light, so we will be the only ones who can access it."

"And when will the ceremony be to celebrate it?" Marquela asked timidly.

"Didn't you hear me when I said there would be no more ceremonies!" the sorcerer yelled at her. "Starting today, this will be called the Black Forest because that's what I've decided."

# Chapter 13

## THE PASSAGE OF CENTURIES

For the majority of the inhabitants of the Hidden Forest, life went on as usual. As the centuries flew by, the Towns of the Sorcerers and the Elves became a place where the magical beings lived in peace and harmony, despite the worry over neighboring war-torn lands.

Rencifo was not blind to this, but he knew that the time to act hadn't yet arrived. The Great Oracle Pit revealed it:

*It is not vital to intervene at this moment. The men and women in those lands must learn what war is. Upon their return, they will remember the thousand days in their minds.*

For that reason, the Great Leader decided to remain hidden longer, limiting himself only to rescuing one or another orphan child who approached the limits of the forest.

***

Manrique the tiger had grown up surrounded by books. His curiosity for learning was insatiable, as well as his pride for being Rencifo's favorite, which had made him arrogant and pompous.

Constanza was now a beautiful woman, very well-liked for her wisdom and eloquence. On that particular day, she passed in front of the tiger's cave, accompanied by two girls whose faces reflected their fear.

"Well, well, it's the beauty of the forest," Manrique said sarcastically. "Who are those little girls who look so frightened?"

"A tiger that talks!" one of the girls exclaimed.

"Take it easy, Dorita, I already told you that in the Hidden Forest, the animals are able to speak," the young sorceress explained and then she directed herself to Manrique. "They are two orphans I saved from the war. Their names are Marina and Dorita, and they will live in the Town of the Sorcerers."

"Do you actually intend to fill the forest with orphans like yourself?" the tiger said with a smile.

Constanza was upset by his sarcastic comment.

"If there is anyone here who can understand them, I can," she answered him, "and so should you, or did you forget already that you're an orphan and were picked up by our leader?"

The smile faded from Manrique's face.

"I don't have time to waste talking to you. I must keep preparing myself for the project that my father assigned to me," he said with an air of snobbery and went back into his cave.

"Is that tiger evil?" asked Marina.

"No," replied Constanza, "he is silly, but just in case, never go near his cave."

***

Casilda heard a knock at the door. To her surprise it was Sonsoles.

"Hey there, when did you get back? Come in! Make yourself comfortable," she said.

"I've just arrived, and I wanted you to be the first to know."

"What an honor. And how is Zeledonia doing?" she asked while they both sat on some comfortable easy chairs.

"Well, I must tell you that she is very worried about the war that is so close to you."

"It's a war for power," Casilda said bitterly.

"They are wars of greed, and it's time to put the Special Magic to use."

"Oh, Sonsoles, it's not as easy as you think. The leader wants to make sure that each and every one of the inhabitants is prepared to face the Dark Orders, for which we will have to submit ourselves to a questionnaire of a thousand questions in a cave, and we won't be able to leave until we have answered all of them."

The new arrival looked at her in amazement.

"It's not a bad idea overall, but it is a little extreme because it'll take decades to complete it."

"The worse thing is you wouldn't guess who's in charge of testing our knowledge."

***

Manrique the tiger walked on his hind legs inside the cave, which had been his home for the last two centuries. He walked toward the back, where there were great engraved bookshelves full of voluminous books.

"My knowledge is limitless," he said with a smile, showing his big fangs. "Dad Rencifo will be proud of me."

Suddenly a small light appeared before him.

"Don't be so cocky, Manrique," the fairy told him.

"Florabell!" exclaimed the big feline. "When will you stop invading my privacy?"

"When you start acting appropriately," she answered energetically.

"Out! Out! You wretch!" he began to yell until the fairy disappeared.

He kept yelling, but suddenly a hand touched his shoulder, startling him.

"Oh! You scared me, Yasmina," he said when he saw the genie.

"Why do you yell and curse so much?" she asked uneasy.

"It's Florabell; she can't stand me and she makes my life miserable."

The genie looked at him seriously.

"Your father has bestowed upon you a great responsibility, and you should not act like a spoiled tiger."

"Are you going to go against me too?" he challenged, dismayed.

"No, Manrique, I just don't want to see your father suffer because of you."

"Then tell him to tell the fairies to leave me alone."

Yasmina's face grew impatient and touching her hands to her forehead she left the cave."

"I better get back to my bottle," she said.

"Yes, go away and stay in that bottle," murmured the feline.

***

Meanwhile, in the Black Forest, Marquela was busy casting her Greed Spells. Accompanied by her henchmen, she was enjoying the results of the war taking place on the isthmus and in the southern lands.

She was sitting in front of her crystal ball when Sinforoso's face appeared inside.

"May I come in, my beautiful sorceress?" he asked with a smile.

"Why of course, my dear teacher, you are always welcome," Marquela answered with her usual coquettishness.

A grey whirlwind leapt from the crystal ball, and the sorcerer materialized.

"Allow me to congratulate you. You have redeemed yourself. The idea of war is great!"

"Oh! Thank you, Sinforoso, but I should give credit to my colleagues from the south. They helped me."

"Do you have news from our adversaries?"

"We have had no news from those insipid ones in over five hundred years."

"This new century promises to be victorious for us," the sorcerer exclaimed triumphantly.

"Let us make a toast," said Marquela as she conjured a bottle with two glasses on the table.

"No ceremonies, please, my beautiful sorceress."

"It's only a small toast for our victory."

"We have won a battle, but not the war. You should not lower your guard."

"Don't worry; those insipid ones have disappeared forever."

Sinforoso's face grew serious.

"If that's the case, why haven't you been able to completely destroy the Forbidden Valley?"

"Well... I... You'll see... "

"You can feel the Special Magic in that place," he said grabbing her by the chin. "You know that it's not a good idea to disappoint me twice. Remember that tasks are not to be left half done."

"Umm... I... have a plan... "

"Action!" Sinforoso yelled at her. "You've been doing well until now, but good is not the same as excellent, you'll hear from me soon enough."

A whirlwind absorbed him, and he disappeared inside the crystal ball.

"If I only knew where those wretches are hiding," Marquela murmured when she was alone again.

# Chapter 14

## PAVEL'S ARRIVAL

Sonsoles and Casilda stepped out of their house to take a stroll in the forest. The rest of the inhabitants of the forest looked worried because of the news that they would be given a very hard test.

"I don't think it's a good idea to put Manrique the tiger in charge of the Cave of a Thousand Questions," said Sonsoles.

"You're right, it's really cruel. I don't understand why he didn't get the Special Magic," said Casilda.

"Because he is not human, he's a tiger," she replied, "in other words, he's a predator."

"The worst of it is that the Leader Rencifo favors him, he loves him as a child."

"True, my friend, but I'm more worried about the decades they will lose because of that test rather than worrying over Manrique."

A voice from behind interrupted them.

"You shouldn't judge Manrique or the Leader so harshly," Karkoff the elf told them. "The reason for the Test of a Thousand Questions is to prepare us to face the worst that can happen to us."

Just then, they saw Marina and Dorita running scared.

"What's the matter, girls? What mischief have you done?" Casilda asked them.

"Manrique the tiger told us that when we were grown-ups, we would stay locked up in his cave forever," they answered.

The two older sorceresses gave Karkoff an interrogating look.

"If you want to be like us, you will have to learn how to be strong from the start," he gave as an excuse and left.

***

During the next four decades, each one of the inhabitants of the Hidden Forest had to take the fearful Test of a Thousand Questions. The sorcerers would come out of there all exhausted once they had passed the test, and all Manrique would do was smile and say, "Next!"

When almost everyone had taken the test, only one person was left: Constanza the Sorceress. The rocks that blocked the entrance to the cave opened and let an exhausted-looking Yango out. The tiger smiled once again.

"My dear Constanza, come in, let's have some fun."

With a steady stride and a defiant look Constanza entered the cave, and behind her the rocks closed the entryway once again. Outside, everyone was waiting, but to their surprise after ten minutes, the cave opened up again and Constanza came out smiling, while the tiger could not hide his displeasure.

"That's my sister," said Casilda.

"What happened, Constanza?" asked Yasmina.

"I simply told him where to get off," she replied.

In truth, no one ever knew what really happened inside, but after that day, Manrique the tiger couldn't hide his dislike for Constanza.

"Now we will begin to spread the Special Magic," Rencifo announced, after making sure that everyone had successfully passed the test.

***

The young couple watched the old lady, who was leading a young blond, blue-eyed boy about eight years old by the hand.

"Federico, isn't that Francis La Croix's widow?" the wife asked her husband.

"Precisely. What is she doing in the valley and who is that boy?"

They approached them and after greeting each other, the lady spoke to them about the boy.

"His name is Pavel, he's an orphan, and he just arrived from Europe, escaping the war."

"Hello, Pavel," the young woman said, "my name is Marta, do you speak Spanish?"

"A little," the boy answered with a strange accent.

"Doña Amanda, are you living in the valley now?" Federico asked.

"No, we'll be here a few days while he rests. When we return to the capital, I hope to find a good family to take him in. I would love for him to stay with me, I feel responsible because he was a good friend's grandchild, but I'm too old to take care of him."

Marta looked at her husband, who returned the glance as if saying, "I agree."

"And where are you staying?" the man asked.

"At my friend Ines's house. Her husband was from the same place as the boy."

"Are you talking about Ines Zaroj? We live two houses down from hers!" the young woman exclaimed.

And speaking slowly, she spoke to Pavel.

"We have a child more or less your same age. If you want, you can come over tomorrow to play with him."

"That would be good for him," doña Amanda responded. "He needs to enjoy himself, he has suffered greatly."

"So then, we'll expect you," said Marta, patting his head tenderly.

***

Early the next morning, Marta and her son were sitting on the front porch. When Marta saw the old woman with the young boy, she ran out to greet them.

"Welcome! How are you, Pavel? Son, come, I want you to meet someone."

Grumpily the boy approached them.

"Don't be rude, say hello to your new friend," his mother said.

Forced by his mother, he stretched out his hand.

"My name is Pedro, what's yours?" he asked.

"I'm name Pavel," he finally said shyly.

Marta's son laughed out loud.

"You speak so weird and what a funny name, it sounds like a circus name," Pedro said.

"He doesn't speak Spanish well because he's a foreigner," his mother scolded.

"Please, do come in and make yourselves comfortable," she said to doña Amanda.

Once inside, the hostess apologized and took Pedro aside.

"It'd be a good idea for you to get along with

Pavel because I'm going to ask doña Amanda to let him stay with us for the summer, he will be like a brother," she warned.

"No, Mom! I don't want any brothers. I told you I want a dog."

"And I told you what I plan to do, so obey me, be nice and go play with him while I speak with doña Amanda."

They went back to their guests in the living room. The boys went outside to play, while Marta, just like she told her son she would, suggested to the old lady that Pavel stay with them for a few days because she and her husband were thinking of adopting him so that Pedro could have a friend his age.

***

Casilda was walking along the rocky paths that led to the Town of the Sorcerers, when all of a sudden Sonsoles landed on a flying broom. She looked sad.

"What's wrong? I thought you would stay longer in the Old World."

"No! I have no words to describe to you what's going on over there. A war like no other! The Greed Spells are about to destroy the planet!" she exclaimed, covering her face with her hands.

Alarmed, Casilda consoled her with a hug.

"How are Zeledonia and your friends in the Cantabrian Forest?"

"Fortunately this war is not affecting them as directly as it did during the last decade," she concluded, wiping away her tears.

Behind the bushes, Menoff listened to the sorceresses' conversation. He felt a great sadness as he found out what was going on in his previous home and with this in mind, he went to take a stroll outside the Hidden Forest, he needed to be alone.

***

Marta finally convinced Federico to allow the orphan to stay with them a few days, and he gladly accepted, but Pedro didn't like the idea, and the first chance he had, he gave Pavel a big scare so that he wouldn't want to stay in his house. He invited him to take a stroll through a forested area nearby.

"Come on, you'll see things you've never seen before," he persuaded him.

"Don't go too far," Marta yelled after the boys as they ran farther away.

Pavel followed Pedro down a path that ended at a river that ran through the trunk of a fallen tree. At this point, the orphan stopped.

"No cross river," he said.

"Catch me if you can!" Pedro challenged.

And Pavel followed him. On the other side, the landscape changed into a thick forest. The boy was absorbed and marveled at the vegetation, it was all new to him; he felt the mild climate that reminded him of spring back home.

Pedro took this opportunity to hide in the bushes. He was planning to go back home and leave him alone, but Pavel soon realized that he was gone.

"Pedro, you are where?" he exclaimed in broken Spanish.

When he got no reply, Pavel began to walk in circles until he realized that he was lost. Desperate, he began to yell out phrases in his native tongue, which to his surprise were answered by a squeaky voice.

"Why are you crying, boy?" asked a small blond being just like himself.

"Who are you? And how do you know my language?" was the only thing Pavel, who was stunned, could manage to say.

"My name is Menoff, and I'm an elf."

The boy became frightened and was about to run away.

"Don't be afraid, I won't hurt you," he said calming Pavel down as he stood in his way. "I come from your land, and I know there is a terrible war there."

Then the boy began to cry.

"My parents died because of it."

Menoff was moved.

"What is your name?"

"Pavel Chekov."

"Come with me, Pavel," he said taking him by the hand. "I'll take you to a beautiful place."

"Where?"

"To the Hidden Forest."

***

Throughout the Black Forest one could hear the screams of Marquela the Sorceress.

"Silampa! Can't you do anything right? I wanted the blond boy, not the brunette!"

"Your Excelency, you must forgive me, the error was not mine, it was Memon the elf's instead."

The boy apologized to him as he held Pedro's arm.

"The other boy was taken by a servant of the Orders of Light, so I brought this one."

"Who are you? What are you going to do to me?" the young boy asked frightened.

Marquela took him by the arm.

"Don't you worry, you insipid boy. As they say, you're better than nothing. After all, you might be of use to us."

"Useful for what?" Pedro insisted.

"You'll know when the time comes," the sorceress

replied with a cackle.

***

Marta and Federico were desperate. It was already dark, and the boys had not returned so they decided to go ask the neighbor.

"Chencha! Good evening!" Federico called out.

A rural lady came to the door of her thatched house.

"Good evening, neighbors," she answered.

"We are very worried," the man said.

"The boys went out to play early, and we still haven't heard from them. Have you seen them?" Marta added.

"I saw them early in the morn' running yonder near the river, but I don't know where they've gone."

Pedro's mom covered her face with her hands.

"They disobeyed me! Where could they be now?"

"Ah, young Marta, I hope 'em elves haven't taken 'em like 'ey did my cousin Cheva."

"What are you talking about?"

"Yes! Yes, it happened last year, good thing they found 'em after three days."

Marta took her husband's arm and quickly pulled him away. It was more than enough to be worried and now having to think of superstitions.

***

Back in the Hidden Forest, everyone came out to greet Menoff and Pavel. Casilda the sorceress, who at that point was playing with Marina and Dorita, approached them.

"Who's this blond child?" she asked smiling with her familiar wink.

"His name is Pavel Chekov, he's my new friend," replied the elf. "I found him lost in the forest."

"Why so quiet, my blond boy?" asked Casilda.

"He doesn't speak much Spanish; he's from the same land that I come from."

"Don't you worry, my blond boy; I learned that language in a week," the sorceress said smiling. "Where are you off to?"

"We're going to the Valley of the Elves to meet Karkoff."

"Well, bring him back here after so we can get to know him better."

The girls looked at each other.

"What did Menoff say his name was?" Marina asked.

"I think he said Pacheco," Dorita answered, and they both laughed.

***

Pavel and Menoff followed the path to where the elves lived. The young one was amazed as he saw that the village was an exact replica, but on a small scale of his native village. Karkoff came out to see the visitor.

"Welcome, my wee one!" he exclaimed.

"You can speak to him in our ancient tongue because he is from our land. He got lost in the forest and I decided to bring him here with us." And turning toward the boy he said, "I present to you our leader Karkoff."

The boy smiled for the first time in a long while.

"I like this place a lot," he said. "I would love to live here."

"But you can't, your family must be very worried," the leader said.

"I have no family," Pavel said.

"With your permission, Excellency," Menoff interrupted, "the boy is an orphan. He lost his parents during the war that is tearing up our old home. That is why I dare ask you for a favor."

"What is it?" asked Karkoff.

"I ask for your approval to adopt him as a member of our brotherhood."

***

Federico and Marta were desperate without news about their son and the small orphan whom they had finally decided to adopt. They searched intensely for three days. Many teams of men and women went into the forest to look for the boys, who, according to many people, had been 'kidnapped' by the elves.

"I'm desperate," Marta kept repeating wearily.

Federico hugged her trying to give her courage, but he himself was losing hope; how were two lost boys to survive in unfamiliar areas? However, that same day their fears were stilled by the shouts of some of the men of the town.

"We found one!"

Marta ran toward the group of men; one was carrying her unconscious boy in his arms.

"Pedro!" the parents yelled in unison.

They laid him in a hammock in the entrance. Chencha arrived immediately upon hearing the fuss.

"Blessed be, they found one of the boys, now they need to call the Master to cleanse him."

"We need to call a doctor," the father said, and he got into his car to find his friend Abdiel, who was a doctor.

"Silly man," Chencha murmured. "Don't they know that one has to clean the bad from the evil elves?"

A little while later, Federico arrived with the doctor who examined the boy.

"He'll be fine, Federico, just a little dehydrated,

but it's a miracle you found him. With the number of wild beasts around here, the chances of finding him alive were slim," the doctor said.

Marta would not stop kissing and hugging her son. Among the commotion they seemed to have forgotten Pavel, but Chencha snapped them back.

"Now we just have to find the other boy, that is, if the elves want to return him," she said.

They all looked at each other. Pedro, who had regained consciousness, looked at all of them.

"Son, what happened? Where's Pavel?" his father asked.

"A blond boy just like himself took him," Pedro said.

"My Goodness!" Chencha cried. "I was right, them elves took him. We'll probably never see him again."

"Shut up!" Marta interrupted her. "Don't say another word; that boy will show up too."

But that didn't happen. Days went by, weeks, months and even years. Pavel's disappearance became an unsolved mystery, and because of what Pedro had experienced, he was never the same again.

# Chapter 15

## THE LITTLE BOY

Time stopped for Pavel; he was happy in his new home. Just like Casilda had predicted, he learned the language quickly and once he turned the right age, he would become an elf like the rest of his friends in the villa.

The years flew by. What once was the Forbidden Valley was now a vacation spot for the people who lived in the city. They built summer houses, and the people would spend their vacation there to escape the intense heat. This was a great opportunity for Casilda to keep in touch with all sorts of children, not only from the area, but also from other parts, mainly from the city.

Often, Marina, Dorita and Pavel would accompany Casilda in her strolls around the forest to evaluate the changes that took place in the outside world. While she would fly on her broom, a present from Zeledonia, they would ride on the magic carpet, a gift from Yasmina. The young ones didn't understand most of what was going on; for example, the girls were frightened the first time they saw an airplane, and Pavel noticed that the passage of time in the Hidden Forest was different than real time. One day he ventured to ask Casilda about it.

"What day is today?"

"Oh my wee elf, why is that so important?"

"Because I find it strange that I haven't grown one inch, despite the passage of time since I arrived."

"Well, thirty years have gone by, and you will continue to be a boy for centuries to come. Remember that you now live in a magical forest."

Suddenly she cut short her conversation and ordered the children to return home.

"I apologize, but someone needs my help," she told them.

***

Young Arturo walked among the bushes behind his family's summer house. He was an extremely shy boy. His eyes always showed a streak of sadness. He wasn't good in sports, he stuttered, was overweight and not too social. Because of this, he was always the butt of jokes from the children his age.

He hated the family trips to that place, since the neighbors had a son named Fernando who was more or less his age. Compared to him, Fernando was different, popular, played sports and a good student, and for some reason along with his friends, they loved making Arturo's life miserable.

That day in particular, he would have preferred to stay home to avoid facing the bullying children, but his parents were inflexible there.

"What are you doing here while the rest of the children are playing outside?" they scolded him.

Arturo had no other choice but to resign himself and try to go unnoticed among the bushes. He was lost in thought, letting his imagination fly, when he heard someone yell.

"There he is, let's get him!"

Once again his nightmare started. He began to run with all his might rather than letting Fernando and his friends catch him.

"Get him!" yelled Fernando among giggles and roars of laughter.

Arturo hurried toward an unknown forested area. Suddenly, as if by magic, he no longer heard their voices, there was absolute silence. He had run so much that he felt that his heart was going to pop out of his chest. He sat on top of a rock and when he realized that he was lost, he began to cry.

"How long are bad things going to happen to me?" he yelled uncontrollably.

Now he was scared of the scolding his parents would give him; they would surely punish him for being so dumb and getting lost. The tears kept rolling when he felt a hand on his shoulder.

"What's wrong, my wee one?" he heard a sweet female voice say to him.

As he turned around, he saw Casilda the sorceress smile at him with her familiar wink.

***

Inside the Black Forest the excitement grew. After many decades, Sinforoso had announced his arrival. Marquela was preparing a fabulous welcoming.

"I'm so glad it's during the day, that way I don't have to put up with that impertinent Silampa and that weird animal Chivato," she murmured.

A group of elves hustled and bustled in preparation for the welcoming ceremony, making a circle of rocks and pyres, while the strong sorcerer guards carved a throne for Marquela to receive the Leader of the Dark Orders.

"Everything must be perfect," she kept repeating. "Sinforoso will be witness of the fulfillment of my desecration of the old Forbidden Valley, HAHAHA-HAHAAA."

"Your wish is my command," said one of the guards, to whom she responded with one of her coquettish smiles.

***

Arturo looked perplexed at the lady dressed in white and who seemed vaguely familiar.

"Come on, calm down, tell me what's wrong," she told him as she wiped his tears with her hand.

All of his worries popped into his mind at once, and he began to cry again. Casilda gave him a hug.

"Let it all out, my wee one, let your tears clean what's inside, that way when you are calmer you can tell me what happened."

"I'm scared," the boy began to say in a voice choked with emotion, "they were chasing me and now I'm lost, I don't know how to get back home... my parents will fuss at me."

"You're not lost. I brought you here without you noticing," she said with a sweet smile.

"You brought me here?" he repeated full of curiosity.

"Yes, my young Arturo, you are in the Hidden Forest."

"How do you know my name?" he asked amazed.

"You don't remember your good friend Casilda the sorceress with whom you played in your back yard?"

Then it dawned on the boy. No wonder this woman looked familiar. When he was younger he always had dreams about her, or no... played with her... now he remembered her, yes, he played with her, but his mom would tell him that it was just his imagination. How could he have something that he imagined in front of him? ... He must be dreaming again.

The sorceress smiled as she saw the child's face full of doubt, and at that moment a humming bird landed on Casilda's shoulder.

"Hello," the little bird said, "who's your new friend?"

"His name is Arturo, and I have brought him here to show him the Hidden Forest."

The fear disappeared; suddenly Arturo felt at ease and safe in that place. He couldn't help but smile as he heard the bird speaking.

"This is Paquin," said Casilda.

The boy smiled shyly, while the little bird bid farewell and took flight once again.

"Come," said the sorceress, "let's go for a walk."

"Mrs. Sorceress, can I... "

"Have you forgotten that my name is Casilda?"

"Yes, I remember now... "

"Now, tell me, my wee boy, why were you running like that?"

Arturo told her how Fernando and his friends would always play pranks on him and how his parents scolded him for not standing up to them.

"But there are so many of them, and they scare me," he said with tears in his eyes.

"Don't worry, we'll fix that, now give me your hand, it's getting late and your parents must be worried."

The boy obeyed and he saw how a whirlwind of dust surrounded them suddenly and before he was able to react, he was standing alone in his yard, and it was almost nighttime.

"What was all that about? My imagination again?" he whispered to himself.

A voice brought him back to reality.

"Where were you? Momma is furious," said his sister, who was thin and a year younger than him.

Arturo didn't even get upset, at that moment he wasn't scared of anything. His mother met him angrily at the door.

"Why do you do this? Don't you know how scared you made us by disappearing like that?"

"You are irresponsible," seconded his father, who came out when he saw him arrive. "Where were you?"

"In the Hidden Forest," he answered calmly.

His usual nervousness was gone, and they were taken aback. He headed toward his bed. He lay down and closed his eyes tightly. He wanted to imagine that place again.

"That forest is your inner garden," he felt a small voice tell him.

When he opened his eyes, he saw a lightning bug fluttering near the ceiling.

***

At the neighbor's house, Fernando also came in through the back door that led to the kitchen. His parents didn't notice his arrival. They were absorbed in an interesting conversation with a guest out on the front porch. The boy didn't know who he was, so he fixed himself a sandwich and listened to the adults' conversation.

"I assure you, Mister Greed, that the purchase of my land for the project you have in mind will be very beneficial."

"I love the idea of building a resort in this beautiful valley," the person replied in a foreign sounding voice.

"I'll also build a road to get directly to it, without having to go through the usual entrance."

"Yes, I see that the roads are very bad."

"This sounds so exciting!" Fernando heard him say to his mother.

"By the way, ma'am," the guest asked, "where is your son? We haven't yet been introduced."

"He's around; I haven't seen him all day, but not to worry."

"Like usual," mumbled the boy sadly.

He drank some orange juice and went back to the yard. It didn't matter, no one would miss him.

## Chapter 16

## NEW ATTITUDES

The next day, Arturo woke up and left his house early without his parents noticing. Fernando and his friends were already outside playing soccer when they saw him go by.

"After him!" they all yelled.

However, this time Arturo didn't run off, rather he stood there and waited for them.

"You coward, aren't you going to run off like usual?" Fernando asked laughing.

"No," Arturo answered with conviction.

"You're not scared of us anymore?" the other boys insisted.

"No," Arturo said once again.

"Together we could destroy you," added the leader of the group.

Arturo looked directly into his eyes and answered him calmly.

"Go ahead. I'm waiting for you to do it."

The other children didn't know what to do.

"It's probably a trap," one of them whispered to Fernando.

When Fernando saw Arturo's strange attitude, he spoke to his friends.

"Don't listen to him, let's keep on playing."

And with that, Arturo wandered off, knowing where he wanted to go, but not how to get there. He entered the same thicket where he had hidden before and kept walking through it, until he heard his friend Casilda's voice.

"I'm very proud of you, my boy," she said. "You have learned to face the situation with courage."

Arturo smiled.

"I'm not scared of Fernando and his friends anymore."

"I think that's very good. Now let's go for that walk through the Hidden Forest that we didn't get to finish yesterday."

And once again, as she took his hand, he saw himself engulfed in a whirlwind of dust.

***

"Faster, you useless wretches!" Marquela yelled impatiently. "Sinforoso will be here in three nights and you haven't advanced at all!"

"If we could use magic, Your Excellency, we could have finished by now," said one of the strong sorcerers.

"What a bunch of idiots! Have you forgotten that we can't mold nature's elements with our magic? Keep working and don't waste any more time," she exclaimed annoyed.

"I hope that Silampa will bring my new tunic this evening. I can't wait to see how it turned out," she told herself. "That ghost will be in for it if she hasn't made sure that the tailoring elves have done a good job."

***

When the whirlwind dissipated, Arturo and Casilda found themselves once again in the Hidden Forest.

"But how?" the boy was about to ask.

"Magic," she said with her familiar wink.

"I'd like to have it too."

"You have it and it's special. You have just used it with the other boys."

The boy didn't understand what was just said to him, but he didn't ask for an explanation because a voice from behind interrupted them.

"Well, well, if it isn't my favorite chubby," exclaimed Manrique. "More children for the forest?"

"What are you doing outside your cave, Manrique?" Casilda asked annoyed.

"What? I can't go for a stroll?"

Arturo looked at him amazed.

"A tiger that talks and walks on two legs!" he said.

"It's so obvious how innocent you are," said the feline arrogantly.

"I can assure you that he has seen much more than you have in his short life," the sorceress pointed out.

"I can't wait to quiz him with the Test of a Thousand Questions."

"Well you'll just keep waiting because Arturo is here only for a visit."

"I wonder if it is appropriate to bring so many children into the forest."

"Why don't you ask the Leader?"

"I don't want to bother my father," he replied annoyed.

"Then go back to your cave and stop bothering us."

"Don't order me around!" exclaimed Manrique angrily, but at that moment a whirlwind of dust made him disappear.

"What happened to the tiger?" Arturo asked curiously.

"Mother Earth sent him back to his cave," Casilda said smiling.

Thus, they kept on with their walk through the forest, where they would meet other inhabitants.

***

Arturo's mother was worried; it was the second day he had disappeared without notice. While she went out to look for him, she thought about her son's attitude the night before. The sun was already setting, and she was growing more worried.

"Are you looking for me, Mom?" she heard his voice behind her.

Startled, she turned around and there he was smiling.

"Can you tell me what you think you're doing?" she asked, peeved.

"Nothing, Mom. Why do you ask?"

"You're acting very strange; it's been two days that you've been running off like that."

"But, Mom, I don't get it, you're the one who tells me to go out and play."

Once again, she felt uneasy at how calmly her son answered her.

"Let's go home, it's suppertime," was the only thing his mother could say.

***

Night enclosed the Black Forest, and Marquela the sorceress, impatient in her living room, paced back and forth. Vainly she imagined herself dressed in a new tunic that the elves would tailor, but Silampa was late. She sat at the table and buried her face in her hands.

"Your Excellency," said Silampa surprising her

from behind.

Marquela remained in that position, waiting to get over the fright. This time she wouldn't give Silampa the pleasure of seeing her startled.

"You finally get here. Where is it? Let me see what my tunic looks like," she said anxiously.

"One moment, Your Excellency. Serimpio! Tell the elves to come in."

"I told you that I didn't want that THING to come into my house."

"Oh, forgive me, Your Excellency, I've already told him, but it looks like coming into your house makes him happy."

"Well that doesn't matter right now. Where is my dress? I want to see it at once."

Three elves came in carrying in their small arms the awaited tunic. Marquela the sorceress approached them and picked it up to examine it. She looked at the elves and then at Silampa.

"Did you make sure that my tunic has no natural elements?" she asked them.

"Of course, Your Excellency, it's made with the best rayon we could find, it looks just like silk. Also, I made sure that we followed the pattern you gave me exactly."

"I'll try it on," and with a sleight of hand she was dressed in a beautiful tunic, and even if it was not made from silk, it reflected the candlelight on the table and gave a mysterious and impressive air to the sorceress's stylized figure.

"Well, you could have done it better, but there is no time to do it again, so I'll have to use this one, off with you," she said even though she felt satisfied with the image she saw as she looked at herself in the mirror.

The elves quickly skittered away, but Silampa

stayed in the room.

"Will there be anything else, Your Excellency?"

"I told you to leave! Didn't you hear?"

"I just wanted to make sure that Your Excellency didn't need anything else."

"If I needed anything, I'm sure I would have asked you."

"Well then, with your pardon, I will be on my way to see what Serimpio is doing."

"Disgusting," said Marquela once Silampa had left, and she heard the horrible growls of Chivato that sent chills down her spine.

***

In the wooded area of the Hidden Forest, the fairies glittered brightly to welcome Casilda the sorceress.

"Hello, ladies," she said. "Where's Florabel?"

"Here I am, my friend. How can I help you?"

"I need you to make a visit tonight."

***

Fernando tried to fall asleep, but he couldn't. Suddenly he saw a small light come in through his window; it looked like a lightning bug. To his surprise, the light began to get bigger, engulfing him completely and as if in a dream, he saw himself walking outside his house in pure daylight. Then he heard some voices.

"There he is! Catch him!"

A group of children with rocks in their hands began to chase him. Scared, he set off running, but he tripped over a branch and fell face down. He wanted to cry, but at that moment another voice spoke to him.

"Don't do to others, what you don't want them to do to you."

Then suddenly, he was back in the darkness of his room, sweating and trembling on his bed.

## *Chapter 17*

## *UNEXPECTED RE-ENCOUNTER*

It was dawn by the time Fernando left his house. He wasn't sure what drew him, but he needed to speak with Arturo. To his amazement he saw him as he was headed toward some nearby bushes. He followed him at a short distance until he heard him speaking to someone.

"Hello, Sorceress Casilda! Are we going to the Hidden Forest?"

"Not yet, there's still someone else who will come with us."

"Who?"

Raising her voice, she called out to Fernando.

"Fernando! Don't be afraid; come closer."

The boy was terrified. His heart pounded, and he was about to run when Casilda appeared before him.

"Who are you?" he asked frightened.

"A friend, don't worry, let's go for a walk."

"No!" he shouted. "I'm sure that Arturo wants his revenge. Help!"

However, the sorceress had already taken him by

the hand and a whirlwind of dust transported them to an unfamiliar place.

"Where am I?" he asked without looking at the beauty around him.

"Don't be afraid, my boy, you're in the Hidden Forest."

"How did I get here?" Fernando insisted.

"She's a sorceress," said Arturo with a smile.

"Help! I've been kidnapped by a sorceress! Just wait till my dad finds out!"

Casilda tried to calm him.

"Dad! Dad!" he yelled helplessly.

A blond blue-eyed boy approached them.

"What's wrong, Casilda? What's all this yelling about?"

"I'm lost," Fernando kept saying.

"Calm down," Pavel told him. "You can't be lost in this place."

"Who are you?" the boy asked.

"I also got lost and found a home in this forest."

Fernando sat on the ground and covered his face and cried. He didn't understand what was going on. In his mind, it was all a plot against him by Arturo. However, it was Arturo who encouraged him to follow them.

"Come on," he told him, "you're going to like this place."

Fernando had no other choice, and he was quickly mesmerized by the beautiful nature around them. Soon they were all chatting away.

"Sorceress Casilda," said Arturo, "what's the inner garden?"

"I think you're too young to understand, but it's where the Special Magic lives. Where did you hear about that?"

"A few nights ago, when a lightning bug flew into my room, I heard a voice say, 'That forest is your inner garden.'"

"A lightning bug spoke to you?" Fernando asked. "Last night there was one in my room, and something strange happened."

"Oh my dear ones, those weren't lightning bugs," she told them roaring with laughter.

At that moment, they entered the wooded area of the forest, and they saw many small lights perched underneath the canopies.

"It was a fairy that visited you," she explained.

One of the lights descended until it was very near; they saw a tiny woman with transparent wings; she was holding a shining wand.

"Allow me to introduce you to Florabel the fairy, teacher of the Special Magic."

"So nice to see you again, boys," she said smiling.

***

It was close to midday and as usual, Fernando's parents hadn't noticed his absence.

"Mr. Greed is coming over this evening, and we'll close the deal. We'll be millionaires with the sale of the land," the man said excitedly to his wife.

"It sounds like so much fun!" the wife said.

***

Marquela the sorceress saw everything that had just happened through her crystal ball.

"I can't wait to see Sinforoso's face when he sees what I've accomplished, but I'd better check on how this evening's preparations are going."

When she arrived to where the night guards were working, she realized that they still hadn't finished her throne. Full of rage she yelled at them.

"Wretched louts! When are you going to finish? Tomorrow? Let me remind you that the welcoming is tonight."

"Your Excellency, it looks like the rock is putting up some resistance."

"You're the ones who are failing to follow my commands. By the time the Leader of the Dark Orders arrives, everything better be ready or you'll end up as a meal for the Chivato."

"Your wish is our command, Your Excellency," they replied as they hurried along with fear in their eyes.

"It's best I go fix my hair for this evening," she said and returned to her mansion.

***

Fernando returned to his house with a strange feeling inside. All of a sudden, he loved nature and had discovered its beauty. It was almost nightfall, and his father was waiting for him at the door."

"It's about time you came home. Did you forget that we have an important dinner?"

"Dad, if you only knew what... " he began to say.

"Not now, Son, go bathe. Mr. Greed will be here soon, and I want the family to look perfect."

"But, Dad!"

"Shut up and obey!"

***

There was disarray everywhere. Everybody was running from one side to another trying to finish their assigned duties for the welcoming ceremony that Marquela had planned for Sinforoso. Meanwhile, the beautiful sorceress kept looking at herself in the mirror as she tried on different hairdos to see which one would be the most appropriate with the tunic she would wear that evening.

"Your Excellency," said Silampa, interrupting her.

"What do you want? Can't you see I'm busy?"

"I think you must go to the reception area, Your Excellency."

"Then what do I have you for?"

"To inform you about what's going wrong, Your Excellency."

"Wrong? Don't tell me those wretched louts haven't finished yet."

"Your Excellency, it'd be best if you go see for yourself."

Marquela headed toward the place in a rage, and as she arrived she saw the chaos.

"Do I have to do everything myself? I can't trust that anyone else will do his job right or on time!" she yelled like a mad woman.

"This is what I wanted to warn you about, Your Excellency."

"It's all your fault, Silampa! Wretched, useless apparition! You should have made sure everything was ready beforehand. Sinforoso will be arriving shortly and look at this mess!"

"Remember, Your Excelency, I only work at night."

"Excuses, always excuses. I will have to find an assistant that is useful and can work in daylight."

Marquela kept screaming all sorts of insults, while Silampa lowered her head and kept silent, pointing at something behind the sorceress.

"What is it now, you excuse for a ghost?"

"I think she is letting you know that I have arrived, my beautiful sorceress," Sinforoso said annoyed.

Marquela turned around stunned.

"Can you tell me what's going on here? What's all this mess?"

The sorceress looked at him fearfully, unable to say a word.

"I hope it has nothing to do with another one of your ceremonies."

"It's for your welcoming, Your Excellency," Silampa said, trying to justify her boss, who could only cover her face in embarrassment.

"What a shame. I see that you still haven't learned your lesson, my beautiful sorceress."

***

Fernando remained silent during the dinner with Mr. Greed.

"Your boy is very quiet," said the guest.

"That's true, Son, you haven't said a word all night," his father added.

"That sounds like so much fun!" Fernando heard his mother say.

"I don't want those hotels to be built, Dad. Many animals will die."

"Well, we can't stop progress. Isn't that right, Mr. Greed?"

"That's right Mr. Montenegro. Let's toast to that."

"That sounds like fun!" the wife said once again.

"And since when do you worry about such things, Son?" his father asked out of curiosity.

"That's what I was trying to tell you when I arrived. I met a lady who took me to the Hidden Forest, and I learned that the forest also has life."

"Don't be silly, Fernando. You're embarrassing me in front of our guest."

The boy got up from the table.

"Where do you think you're going?"

"I'm going to go look for that lady so that you believe me," and he ran out of the house.

"My apologies, Mr. Greed, my wife will tend to you while I go out and look for my son."

Once outside, he saw Fernando going through the bushes.

"Where do you think you're going?" he asked.

The boy seemed not to hear him.

"Casilda! Casilda the sorceress!" he kept saying.

His father went after him, but all of a sudden he witnessed with amazement how his son was engulfed by a whirlwind of dust.

Suddenly the scene looked familiar, but he wasn't sure how.

"Fernando, Fernando, Son!" he began to yell uncontrollably.

"Don't worry, Pedro, he's in good hands," he heard a child's voice say from behind him.

When he turned around, he nearly fainted.

"I must be dreaming. Is that you, Pavel?"

# Chapter 18

## THE BIG CONFRONTATION

At Casilda's house there was great expectation; Arturo, Fernando, Rencifo, Yasmina, Sonsoles, Constanza and she were sitting in a circle around the crystal ball.

"How does my dad know Pavel?" Fernando asked in amazement.

"It's a long story," answered Casilda, and she gave him a summary of what had happened thirty years before.

The boy felt ashamed, he now realized how far things could go by wanting to cause harm to others. He didn't want to keep looking and backed away. Then he heard Manrique the tiger's voice.

"Well, well, what do we have here, Casilda? A party and you didn't have the courtesy to invite me? That really hurts!" said Manrique, putting his paws toward his heart in jest.

"Be quiet, Manrique," the Leader scolded him. "A very important event is about to take place."

"Sorry, Dad, I hadn't seen you, you know how I like

to joke around." His expression changed completely when he noticed the presence of the Leader of the Sorcerers, and he joined the group to watch what was happening in the crystal ball.

***

Among the bushes, Pedro had sat upon a rock and was looking straight at Pavel, he just couldn't believe it. He kept thinking that it was a dream.

"It's me, Pedro, it's really me, you are not dreaming," said Pavel with a smile.

"What are you? A ghost or an apparition?"

"Better than that, I'll soon turn into a magical being, and the only ones who will be able to see me will be those pure of heart."

"I don't understand anything you're saying," sobbed Pedro, feeling like a child again.

"I was rescued by Mother Earth's guardians, and I have lived in their world all this time."

"But you're still a child."

"Of course, in that place time passes by differently."

"Have you come to take revenge?" Pedro asked alarmed.

"Not at all, in the end, you did me a favor, that's why I have come back - to return the favor."

"I still don't understand."

Pavel smiled. He looked straight at Pedro and explained with his sweet voice, without the accent that his inquisitor so much remembered.

"Remember you were kidnapped by the elves and taken to a place that has made you what you are today, a man only in search of money at any cost and to whom nature means nothing."

"I don't remember anything!" he began to cry.

Pavel put his hand over Pedro's head, and then

Pedro began to remember the events of his past: his encounter in the forest with another blond boy; his arrival at a mansion where a beautiful woman dressed in black welcomed him; the fear he felt when she placed a staff above his head and repeated words in a strange tongue.

"They filled you with Greed Spells," Pavel explained.

Pedro began to experience the same fear he had felt back then. He felt defenseless again. Pavel approached him and whispered in his ear.

"Love nature, for in its destruction lies humanity's destruction." And after he said this, he ran off just like Fernando had, until he disappeared in a whirlwind of dust.

Pedro Montenegro's head began to spin and then he lost consciousness.

***

Sinforoso's screams were heard throughout the Black Forest. Marquela was huddled in a corner terrified, alongside Silampa, who was trying to protect her.

"Useless witch!" he kept repeating over and over. "Is that what you wanted me to see? That was the great masterpiece that, according you, was going to destroy the Forbidden Valley?"

"Sinforoso I... "

"Shut up! Now I'm convinced that you are just an apprentice. I must make a decision about you. You'll hear from me in a couple of days."

"But Sinforoso..."

She couldn't finish her sentence because the sorcerer had disappeared. The Queen of the Dark Orders was full of rage. She turned toward the crystal ball once again, and she saw what is now known as the

Valley of Anton, in all its splendor.

"Stupid Mother Earth! I myself will be the one to destroy the Forbidden Valley!" she exclaimed and ran out of the mansion.

The valley's breeze began to stir and whirl like a hurricane, and atop the Gaital Hill, Marquela the sorceress appeared raising her wand.

"Forbidden Valley, now you will get what you deserve, and Mother Earth will not be able to confront my power!"

***

Back at Casilda's house everyone looked uneasily at what the crystal ball was showing them.

"It's her, Your Excellency! Marquela!" said Yasmina who recognized her.

"Run for your lives!" exclaimed Manrique the tiger, while he ran to hide in his cave.

"Excellency," Constanza intervened, "I ask for your permission to confront that calamity."

"No, brave girl," said Rencifo, while he closed his eyes for a few moments, "I have waited many centuries for this encounter. As Leader of the Hidden Forest, I'm the only one who must face her."

***

Marquela remained standing at the top of the hill while the wind grew stronger, wildly blowing her hair and tunic.

"I'm not afraid of you, Mother Earth!" she exclaimed, eyes full of rage. "Today I'll destroy this valley and no one can stop it!"

A whirlwind formed before her, and from it appeared Rencifo the Leader, his face was severe and he too was holding high his white wand.

"Have you already forgotten when I told you that

your power is nothing compared to Mother Earth's?" he said in an authoritative voice.

"We'll see about that, you worthless sorcerer," she answered arrogantly.

At a safe distance, hidden in the bushes, Casilda, Sonsoles, Yasmina, Constanza and the children witnessed the encounter.

"She'll show you through me," replied Rencifo.

"Don't make me laugh, you decrepit old man, just watch and learn, I'll show you my power."

From the sorceress's wand out shot a dark ray that destroyed a group of trees nearby, reducing them to ashes.

"Mother Earth speaks to me. She tells me that what you just did is nothing but a scratch. You'll see what she has laid out for you," The Leader spoke solemnly.

"Well let's see what it's all about," she replied defiantly.

Once again, she lifted her wand at the same time as Rencifo.

"Wind, Water, Earth and Fire, I am your instrument, come forth!" the sorcerer's voice resonated throughout the entire valley.

Thick clouds filled with lightning bolts covered the sky. The wind continued to grow stronger and blew more towards Marquela. A steady rain began to fall. Drenched from head to foot, Marquela struggled to remain standing, but this didn't seem to frighten her.

"You think that a storm will get rid of me?" she roared with laughter.

The earth trembled beneath her, and a crack opened wide before her, spewing lava and fire.

"You'll be food for Nature, just like Badgeist,"

declared Rencifo.

"Never!"

Rencifo raised his wand higher and closed his eyes. In a loud voice he said a few words in a foreign tongue.

Out of the crack blew a whirlwind of fire that engulfed Marquela, setting her wand ablaze. She grew desperate when she saw herself unarmed, and when her tunic caught fire, she began to scream.

"You have offended Mother Earth," concluded the Leader, "now you'll pay for it."

"Sinfoooooroso0000000!" Marquela screamed knowing her end was near, and tearfully she outwardly expressed her horror for the first time, when all of a sudden she heard the voice of her boss whispering in her ear.

"My beautiful sorceress, even though you do not deserve my help, I cannot allow them to harm you."

Those who were hidden in the bushes saw Marquela the sorceress disappear before their eyes. All of a sudden, the crack closed, the whirlwind of fire went out, the lightning stopped, and the sky cleared up. Rencifo was kneeling with obvious signs of fatigue.

"Your Excellency!" screamed Casilda as she ran toward him followed by the rest.

"Are you okay, Rencifo?" Yasmina asked worried, helping him to get up.

"What happened to the evil sorceress?" Arturo asked Constanza.

"That's not important now. The Leader needs our help."

Standing, the Great Chief tried to calm them down.

"You have witnessed how Mother Earth's power, that which protects us, is unforgiving when she defends herself against those who try to harm her."

"Rencifo, just tell us you're okay," insisted the genie.

"I'm fine. Let's go home."

Moments later, all of them left except Casilda, who stayed behind to think about what had just happened. A voice interrupted her thoughts.

"I hope that now that that evil witch doesn't exist, people will begin to change their perception of me," she heard the Old Crone's voice.

"What a surprise, my friend!"

"I saw it all. It has been a great victory for you."

"Only time will tell," said Casilda skeptically.

The Old Crone turned her gaze toward the Anton Valley, and with sadness she recalled when she was just another inhabitant.

"What will happen to me, Casilda?"

"I don't know, Tulia. Destiny will decide. You learned the hard way that we shouldn't openly intervene with her plans. But I'll tell you this, I'll introduce to you as many children as possible, and they can be the ones who end the bad rumors that Marquela spread about you."

***

Back in the Black Forest through Marquela's crystal ball, Silampa and Chivato had witnessed what had happened back on the Gaital Hill.

"I know how you feel, Serimpio," said Silampa. "I also liked her, even though she was obstinate."

The Chivato emitted a sad growl.

"Yes, I know. You'll always be grateful to her for having freed you from your previous owner Badgeist. Too bad she will never know the favor she did for you."

***

The following day, Pedro Montenegro woke up in his bed with the dream he had had the night before still fresh in his mind. After so many years, Pavel's memory had returned, as well as how cruel he had been to him by leaving him in the forest. It was strange, but he now felt remorse for the first time in his life. Many images appeared to him the night before, including part of that recurring nightmare where he was kid-napped by the elves. But the strangest thing was the phrase that kept repeating itself over and over in his mind:

"Love nature, for in its destruction lies humanity's destruction."

His wife walked into the room without a clue, for her the previous night had gone by normally.

"Honey, I have made some decisions," he said getting up.

"What fun!" was her only comment.

# EPILOGUE

As I finished my story to the young boy, the sun was setting behind the mountains.

"It's great that Fernando's dad decided to build an animal sanctuary on his family's land rather than sell it," said Arturo.

"That's right, my boy."

"And why don't you send Manrique the tiger over there?"

"Because the Leader loves him like a son, despite everything."

In truth, it was incredible how Rencifo the sorcerer had forgiven that feline after he hid during his encounter with Marquela, and he kept caring for him in the Cave of The Thousand Questions.

"And will it be long before Pavel becomes an elf?" the young boy asked.

"No, Karkoff the leader of the elves told me that this will take place during the next full moon."

"I'll have an elf for a friend," he said and jumped

up and down enthusiastically.

Once again I was silent. I had no way of telling him that his contact with us would be interrupted this same night. Fortunately, he kept asking questions.

"Casilda, is the leader Rencifo very sick?"

"No, he was weakened after the encounter with Marquela because he gave some of his energy to Mother Earth so that she could defend herself."

"Is that why they say that Constanza will be the new leader of the Hidden Forest?"

"Don't say that too loudly, my boy, because it'll be a few years before that can happen."

The boy began to laugh.

"Now what's so funny?" I asked him curiously.

"It's just that I remember the time when Constanza introduced us to the Old Crone and how much she scared us. You know, no one believes me when I tell them that she's not really evil."

"One day she will be forgiven and my friend will return to us," I said sadly.

"That's good that the leader finished off Marquela the sorceress, since she's the one who made up the story that the Old Crone was evil."

I didn't feel like answering. Like the others who were present that night, I have my doubts about what really happened, because we saw a grey whirlwind right before she disappeared.

"Why are you so quiet, sorceress?" he asked suddenly.

The first stars appeared, and I knew that I couldn't hold it off any longer, so I told him.

"My boy, the day is over and it's time for you to go home."

"Yes, Casilda, we'll see each other in three weeks."

"Unfortunately, that won't happen, my boy. During these two years you have enjoyed the Special Magic that Mother Earth has given you. Now it's up to you to put into practice what you have learned."

"What do you mean?"

"You are about to change from a boy to a young man, then we will just be part of your imagination. I only hope that you keep inside you the lessons of love toward nature that you learned with us."

"What are you trying to tell me, sorceress? Won't I see you anymore?"

"I promise to visit you in dreams, and who knows, perhaps some day we'll meet again," I said with a wink, and I gave him a kiss on the cheek and saw tears glisten in his eyes.

At that moment, I hugged him and a whirlwind engulfed us, taking us to the back yard of his house. With great sadness in my heart, I watched him walk away with a smile. We had already stopped being something real for him. But he was still real for me, and I knew that one day we would come face to face again... but that's another story.

## Ideas to Think About

1. Who is Manrique?
2. Why are the children the only ones who can see the Magical Orders?
3. Who is Arkom?
4. What does the word *murie* mean?
5. Who is Casilda?
6. Should Tulia go to trial? Yes or No? Explain.
7. Who is Sonsoles?
8. What is the Old Crone's punishment? Do you think it was just? Explain. Do you know another version of the Old Crone's story? Does she go by any other name?
9. Who is Badgeist?
10. Who does Marquela have to kidnap? Why?
11. Who is the Golden Girl?
12. What is celebrated during the Friendship Bush Festival?
13. Who is Florabel?
14. Describe the Rainbow Palace.
15. Who is Rencifo?
16. Why can the Special Magic be taught only to children with pure hearts?
17. Who is Yasmina?
18. Who does Fangdottir work for?
19. Who is Marquela?
20. What is the Wheel of Fortune?
21. What is another name for the South Sea?

22. Who is Sinforoso?
23. How is Badgeist eliminated?
24. Who is Memon?
25. What is the name of the new home for the previous inhabitants of the Forbidden Valley?
26. Who are Marina and Dorita?
27. Why doesn't Manrique get along with most of the inhabitants of the Hidden Forest?
28. What does the Test of the Cave of a Thousand Questions consist of?
29. How does Pavel arrive in the new world?
30. Who is Zeledonia?
31. What makes Arturo cry?
32. Who is Fernando?
33. Why is it important to face one's fear?
34. Why is Fernando looking for Arturo?
35. Can you describe your inner garden?
36. Who is Pedro?
37. What message does Pavel give to Pedro?
38. Who is Silampa?
39. What nice gesture does Marquela do for Chivato?
40. Do you think that Mother Nature is stronger than greed?
41. Why does the Leader Rencifo forgive Manrique?
42. What can you do with your Special Magic to help save the planet and its animals?

## M. Javier De Gracia

### El ilustrador

M. Javier De Gracia está próximo a graduarse como arquitecto, pero en su tiempo libre diseña vestuario para obras de teatro que tengan temas fantásticos y/o mitológicos, como *El Inspector*, *Aladino*, *Ondina*, *El Pájaro Azul*, y *La Fábrica de Juguetes de Santa*, y ha sido nominado para los *Premios Escena* otorgados a artistas del teatro panameño.

Javier trabajó tanto en la portada como en las ilustraciones interiores. Realizó los dibujos de la portada por computadora utilizando varias técnicas para pintar. La ilustración de este libro ha sido un reto agradable, ya que se identifica con los temas fantásticos y quería colaborar con su amigo el autor.

### The Illustrator

M. Javier De Gracia will soon graduate as an architect, but in his free time he designs costumes for plays that have fantasy or mythological themes, such as *The Inspector*, *Aladdin*, *Ondina*, *The Blue Bird* and *Santa's Toys Factory*, and he has been nominated for the Scenery Awards given to Panamanian theater artists.

Javier designed both the cover and text illustrations. He created the cover illustration on computer by using several painting techniques. Illustrating this book has been a pleasant challenge, because he identifies with themes of fantasy and wanted to collaborate with his friend the author.

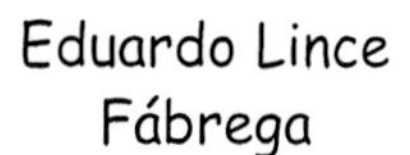

## El autor

Eduardo Lince Fábrega nació en la ciudad de Panamá, República de Panamá. Realizó estudios de Derecho y Ciencias Políticas en la Universidad de Panamá. Ha colaborado activamente con el Comité Panameño por los Derechos Humanos y ha trabajado con el Centro Pro Democracia donde participó de talleres educativos dirigidos a jóvenes y en la edición del suplemento mensual *Conciencia Democrática*. Laboró también en la Dirección de Desarrollo Institucional de ANCON, la Asociación Nacional para la Conservación de la Naturaleza.

Eduardo ha realizado varios escritos y esta novela forma parte de la trilogía fantástica del Valle de Antón.

## The Author

Eduardo Lince Fábrega was born in Panama City, Panama. He studied Law and Political Science in the University of Panama. During his career he has actively collaborated with the Panamanian Human Rights Committee and has worked with the Pro Democracy Center where he has taken part in educational workshops directed to the youth and in the publication of the monthly supplement *Democratic Conscience*. He has also worked in the Office of Institutional Development of ANCON, the National Association for Nature Conservancy.

Eduardo has written various articles and stories. This novel forms part of the fantasy trilogy about the Valley of Anton.

A Piggy Press Book
info@piggypress.com
www.piggypress.com